稻里稻外

DAO LI DAO WAI

陈绍龙 ◎ 著

安徽师范大学出版社

·芜湖·

责任编辑:汪碧颖
装帧设计:丁奕奕
插　　图:丁奕奕

图书在版编目(CIP)数据

稻里稻外 / 陈绍龙著.—芜湖:安徽师范大学出版社,2016.3(2022.6重印)
ISBN 978-7-5676-2371-2
Ⅰ.①稻… Ⅱ.①陈… Ⅲ.①散文集 – 中国 – 当代 Ⅳ.①I267

中国版本图书馆CIP数据核字(2015)第312639号

稻 里 稻 外

陈绍龙　　著

出版发行:安徽师范大学出版社
　　　　　芜湖市北京东路1号安徽师范大学赭山校区　　邮政编码:241002
网　　　址:http://www.ahnupress.com/
发 行 部:0553-3883578　5910327　5910310(传真) E-mail:asdcbsfxb@126.com
印　　　刷:阳谷毕升印务有限公司
版　　　次:2016年3月第1版
印　　　次:2022年6月第4次印刷
规　　　格:700×1000　1/16
印　　　张:12.5
字　　　数:146千
书　　　号:ISBN 978-7-5676-2371-2
定　　　价:26.00元

目　录

题记：『稻』理

人人吃米，谁人问稻？稻出米，米非稻。

稻接地气，接阳气，接人气。

春种，夏长，秋收，冬藏，稻之一季，演绎庄稼的四季轮回，演绎村庄的四季轮回，演绎人生的四季轮回。

一粒稻，在其固有的基因里，有它对四季的期盼，有它对物候的感知，有它对土地的青睐，有它对阳光的依恋。

稻是一种子。种子是有生命的，有青枝绿叶的葱翠，有暗香浮动的馥郁，有发芽拔节的声响，有"喜看稻菽千重浪"般的欢笑。

圆润饱满的是米。米是稻的终结者。我写米，我也写稻。蛋好吃，我也想去看看下那只蛋的鸡。鸡活脱有生气。

"谁知盘中餐，粒粒皆辛苦。"这是中国父母教育孩子珍爱粮食的"老课文"。我认定那盘中的"粒粒"粮食有稻，是米。我想告诉孩子们，这粒粒盘中餐"辛苦"何来。现在的孩子们对此未必有兴趣，但是，我想说，这一定是现在的孩子们所不知晓的。

其实，"老课文"也有它的短处，种稻和劳动不仅仅只是"辛苦"，也有它的快乐和甜蜜。这些，也应该告诉现在的孩子们。

"终结者"是没有悬念的答案，好比猜谜最大的魅力在于揭开谜底的过程。对于我而言，过程是有魅力的。稻是有魅力的。追寻这个过程，感受这个过程，记录这个过程，这也是写作本身的魅力所在。

有人问鲁迅，说这个孩子将来会怎么样。鲁迅说，这个孩子会死的。

事实本如此。"结果"往往无趣得很。

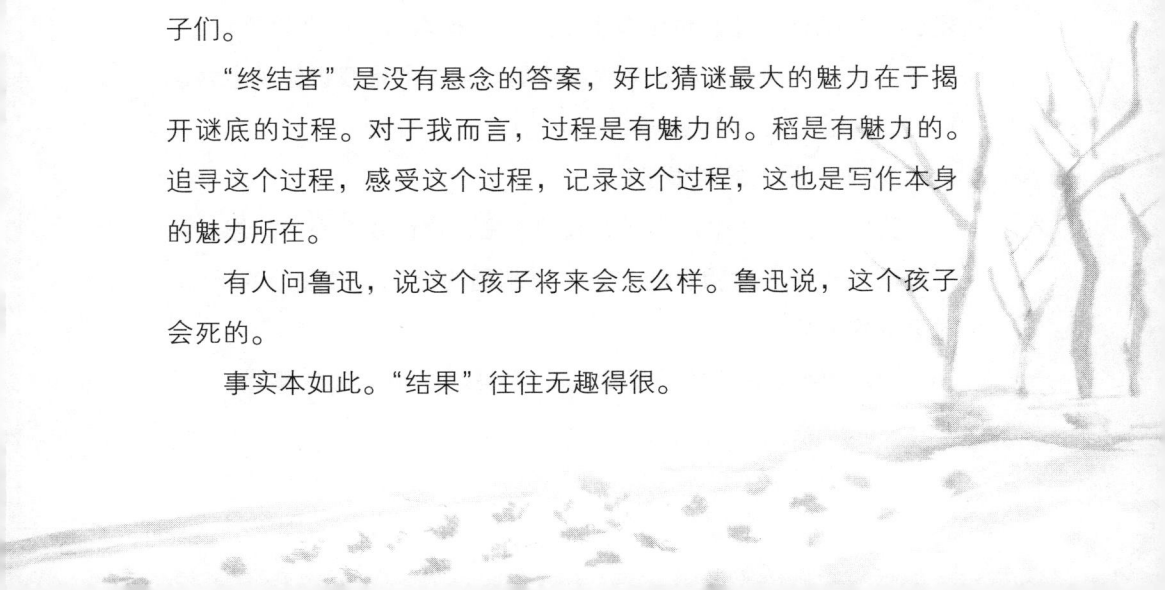

米，充其量只是稻身上的一个"器官"，是稻穗上结的果实，是一个"结果"。稻身上还有很多的"器官"，稻是一个具体实在且立体的生命。如果我们只关注一个"器官"，那是对稻的不公；如果我们只关注"米"，不也"无趣"的很么？

那天，我遇见读师范时的一个同学，他是县城一所民营学校的校长。他告诉我这样一个事实："现在，不只城里的孩子不认识庄稼，就连农村的孩子都不认识庄稼了！"于是，这位有良知的教育工作者做出了这样一个决定：一、二年级的学生，要认识麦、稻、豆等庄稼和常见的木本植物；三、四年级的学生，要认识花卉等常见的草本植物；五、六年级的学生，要认识常见的昆虫和鸟。

听了他的话之后我沉思良久。

米和稻不只是过程和结果这么简单，只认识米不认识稻、不认识庄稼也不只是一代人的无知。

据说"五谷"无稻，这一度让我很是纠结。我努力多花一些笔墨去写稻，去写与稻有关的事情，以唤起人们对水稻的敬重，唤起人们对粮食的敬重。

我生活过的一个小村叫秋李郢，秋李郢有一个秋老六。没有多少人知晓秋李郢，也没有多少人认识秋老六。秋老六不识字，秋老六是一个种稻人。秋老六不重要，重要的是我记住秋老六说过的一句话。这句话我一辈子忘不掉：

"粮食，是人的命根子！"

我们侍弄稻一季，稻喂养我们一生，这让我们心存感恩。我试图写出一代人对粮食的记忆，对水稻的记忆，对童年的记忆，对家乡的记忆。

"我们坐在高高的谷堆旁边，听妈妈讲那过去的事情……"

歌在响，妈妈已老。我试着自己去堆一个"高高的谷堆"，从孩子的视角去关注庄稼、关注粮食、关注稻，去"讲那过去的事情"。

因为孩子的感受是真实鲜活的，因为记忆不老！

很难想象，我如此专注一家报纸：《文汇报》，每天看《文汇报》的电子版。《文汇报》发表过一个作者专门写"草"的文章，还加了编者的话，说要发表作者的系列文章。后来我又在《文汇报》上看到有人写"看草"的文章，介绍写"看草"写成了一本书。我也跟着犯傻了，加之《文汇报》发表了我一组写粮食的"'豆'你玩"文章，便坚定了我写"稻"的决心，一下子便写了十多万字的稻。

稻是稻，非常稻！

第一辑·稻影

一

　　五谷泛指粮食，有两个版本。有人给《周礼》"五谷"注云："麻、黍、稷、麦、豆也。"有人给《孟子》所云"五谷"作注："稻、黍、稷、麦、菽也。"

　　黍、稷名响。《诗经》里唱过"硕鼠硕鼠，无食我黍"的。稷，关乎民生，民生关乎江山，稷走向神坛，"江山社稷"成了国家的象征。

　　无粮不稳，本来就是嘛。现在国徽上不也有粮食嘛，国徽上的粮食是"谷穗"。

　　据说，这谷穗背后是有故事的。1942年冬天，重庆，宋庆龄在寓所为欢送董必武返回延安而举行茶话会，周恩来和邓颖超应邀出席。茶桌上摆着重庆近郊农民送来的两串颗粒饱满的麦穗，有人赞美麦穗像金子一般，宋庆龄说："它比金子还宝贵。"周恩来抚摸麦穗，意味深长地说："等到全国解放，我们要把禾穗画到国徽上。"

　　有意思的是，有人说现行《宪法》规定的国徽图案周围为"谷穗"，与现行的国徽"麦稻"环图案并不相符。国徽上的粮食外形是麦，还有麦芒，但颗粒是稻谷，是"麦稻"，要将"谷穗"改为"麦稻"。我倒以为，改与不改都无妨，"谷穗"有"谷"了，"麦稻"有"稻"了，有稻就好。

国徽里有稻或有其他粮食的国家还有很多。那天我特地去查了资料，录于此：朝鲜、印尼、越南、乌兹别克斯坦、尼泊尔、巴基斯坦、斯里兰卡、孟加拉国、阿塞拜疆、塔吉克斯坦、吉尔吉斯斯坦、安哥拉、莫桑比克、赞比亚、南非、白俄罗斯，等等。

"五谷说"两个版本的区别就是：一个有麻无稻，一个有稻无麻。

有人说"麻"是"苎麻"之类的纺织品，也有人说"麻"是芝麻。

还有人说，"五谷"无稻与南北有关。北方黄河流域是统治中心，北方有话语权。北方少种稻，我不信。

"七月流火，九月授衣……八月剥枣，十月获稻。为此春酒，以介眉寿。"《诗经》有"稻"，北方中国三千多年前就已经种稻了。《诗经》还有"丰年多黍多稌……为酒为醴……"的，醴是以稌酿的甜酒，稌就是稻嘛。

有考古发掘表明，稻的栽培起源于距今约七千年前的长江流域。距今四五千年前陆续北上，进入黄河流域。稻，历史久矣。

我国种植水稻历史悠久。苏轼《新渠诗》云："新渠之田，在渠左右。渠来奕奕，如赴如湊。如云斯积，如屋斯溜。嗟唐之人，始识秔稌。"水稻，稻不离水。

水到渠成，没有完整的灌溉和排水系统是不行的。要是说"水稻渠成"也对。稻是高产作物，水稻，水字当头，自然需要水。

再说"五谷"。与"麻"比,有"稻"就不用争了。天下谁人不识稻。"稻粮谋",稻在先,稻是主粮。

那年春节回秋李郢,到后庄,一连三四家的门联竟然是一样的:"百味盐为首,千珍米是君。"老掉牙的联子了,还是这内容,没变,三十年前他就写过。

我笑,怎么都写相同的内容。儿时伙伴秋公社告诉我说,都是秋大先生一人所书,秋大先生每年都会写这副联子。说毕,秋公社也许觉得说得不尽妥,又补充道,这内容好,有村民点名要写这副联子的。

我想起来了,每年过年的时候,秋大先生会义务为村民写春联,写过"百味盐为首,千珍米是君"之后,铺开纸,问下一家"写什么"。村民肚子里哪有多少墨水,写什么还不是你秋大先生说了算。既然这么问了,便手指"百味盐为首,千珍米是君",道,"就写这"。好些村民根本就不识字,或者,秋大先生肚子里怕也没几副对联的。

秋大先生在秋家排行老大,小时候读过私塾,后来在队里做记工员,戴副眼镜,瘦,有斯文的范儿,像电影里的账房先生。秋李郢人都叫他"秋大先生"。

米是千珍之君,米脱壳于稻。

我也常与外人交流,一说到省,还不待我报出家在何处,对方便回:"好地方——鱼米之乡啊。"

"鱼米之乡",有赞美意,有羡慕意。我乐意人们这么称呼我的家乡。谁不说俺家乡好,那我写点"鱼米"之事就对了。

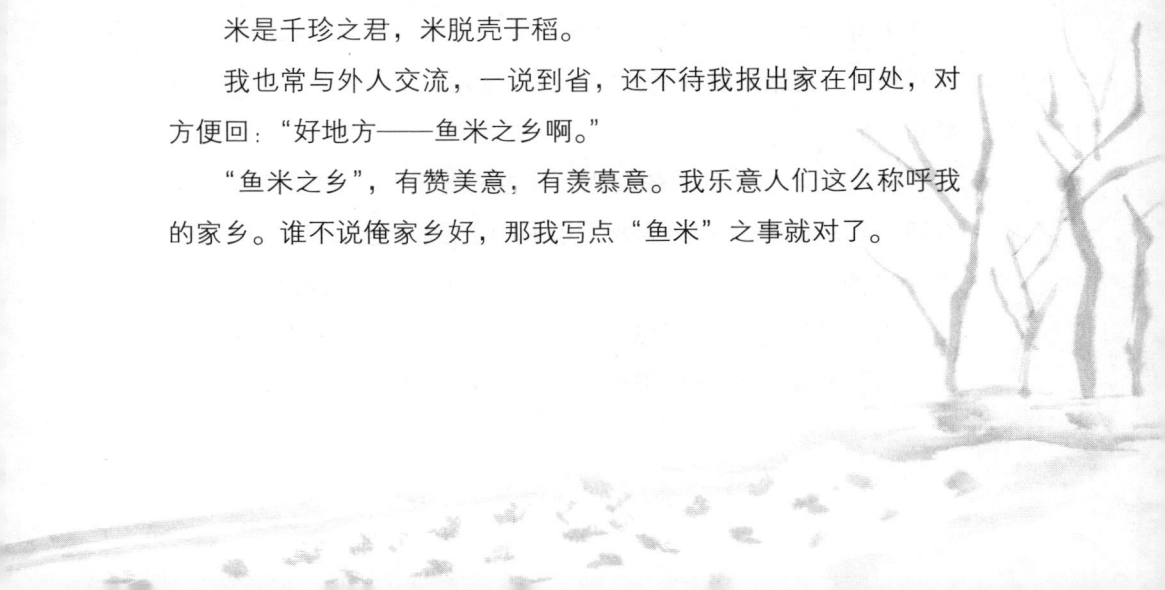

二

　　水田，也叫稻田，水田种的是水稻。秋李郢大多数的田是一年两季，一茬麦，一茬稻。午季，收了麦，麦茬地栽秧，种水稻，田成了水田；秋后，收了水稻，稻茬地种麦，田又成了旱地。

　　亦水亦旱，没有间隙，地不闲，人不闲，日子叫农事填满。春也作业，秋也作业。田字格里像是有写不完的字，村民都是好学生，秋李郢人都是好农民。

　　旱地除了种麦子之外，也种玉米、高粱，还有豆。豆之中种黄豆居多，也种绿豆、豇豆，也有种芝麻的。旱地种的大多是"小品种"，小品种产量低，难怪公社号召实行"旱改水"。旱地都改成水田，种水稻。

　　看稻先看田。"旱改水"的田要细看。田要平，看田先要看田是否平整。种旱粮无所谓，高低不讲究。种水田就不一样了，一块田有高有低，要改。平整田地是田里不可或缺的农活。如果差距不大，用锹或锨取高处的土垫到低处即可，要是差距大，就要动用畚箕挑了。

　　据说李老二是看田的高人，平整田地验收的时候李老二是有话语权的。他说整改合格就合格，他说不合格那就不合格。不合格的自然要返工，返工还不记工分。李老二看田极尽苛刻，用一只眼看，我们称此"吊线"，好比木匠用墨斗拉出的线。木匠要从木头一头细看，吊线，不可走样子。右眼看时，

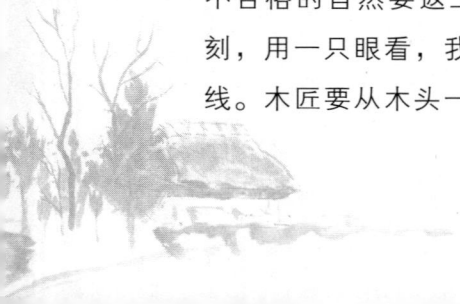

左眼就闭上了。一目了然。为此，我们一见李老二，便跑着喊："斜眼吊线——好吃烂挂面！"

"小兔崽子，看我不砸断你的腿。"我们又狂笑。李老二是个瘸子。

只是，这"斜眼吊线"跟"好吃烂挂面"也就押韵罢了，根本就不搭界。童谣也许无理，但是有趣。

"瘸狠瞎坏"，俗话也不靠谱。李老二说的狠话是不少，也只是说说罢了。他常年扛一把锹，也不见他砸过谁的腿。这让我们又放纵了不少，背地里我们也喊他"斜眼"。

李老二的认真也得罪了不少的人。金桂那天当面就骂"斜眼是狗眼"的。

本来金桂做事就不是马虎的人，她也是争强好胜之辈。李老二看过金桂整过的田后一时也挑不出毛病，哪里高哪里低也看不出来。原以为过了，报给记工员记工分了事。李老二不点头，记工员就不敢落笔。哪知李老二就是不发话，自己一瘸一拐地又走到田的一头，放下锹，单腿下跪，眼贴田埂，脸近乎触到地面，对头整块地吊线，看田是否平整。李老二如此挑剔，金桂哪里受得了，显然对她失去信任，鸡蛋里找骨头。她沾火就着的脾气，不骂他才怪。

其实，李老二也是过于自负了。无水"找平"往往不可靠，等栽秧时田里放上水一看，田块依旧不平整。低处是水，高处露土。水平，水是平的，人眼不可靠。水不欺人。

也不要紧，还有补救的办法，就是耙田的时候用耙找平。耙是长方"目"字形牛拉农具，下框有两排铁齿。耙主要是破垡，就是把泥耙碎。耙在水田里也是找平的好帮手。遇到高处，耙田人就站在耙上，有时在耙上站两个人。压力的作用，带着泥跟着走，等到低处时，人从耙上下来，泥自然便落在低处了。高处要是泥多，耙田人要反复从高处向低处耙泥，直到从刚刚没过水田的水上看不到泥，水田就平了。找平成功。

水平，田平，稻田像一面镜子。镜像里有村庄，有房子，有人，有树，有小鸟；镜像里也有天，也有太阳和月亮。镜像里外有两个世界：一个在地上，一个在水里。

稻田，有一个世界。

三

看稻先看田，看田要看边。

"田有界，天有边。"这话是秋李郢的李老二说的。没有人跟他抬杠，天哪有边。你得明白李老二讲这话的意思，他是说每块田都是有界的。

想想也许是对的。瞧那"界"字的字样：有一"人"，将一块"田"一分为"二"了，这就是"界"。中国字有象形和会意，中国字就是有味道。

大到国界，小到省界、市界、县界，田界也是界。田界莫不是最小的界，田界没有石碑，不用地桩，田界是田埂。其实，李老二的真正意思是说，田埂要周正，要种水稻嘛，你要把田埂当回事。

有人说李老二是"屁股跟着脑袋走"，屁股坐在哪里就说哪里的话了，脑袋指挥位子。稻季，李老二整天扛把锹，管水稻田里的水，他是管水员。他整天就在田埂上转，查看每块田埂边上的出水口。田里要水了，他就把田埂上的缺口打开。田里的水放得差不多了，他再把田埂上的缺口堵上。田埂不硬实不行，田埂漏水更不行。他整天跟稻田打交道，跟田埂打交道，他当然替田埂说话了。

哪块田种不种水稻李老二说话也许不算，但队长会征求他的意见。队里哪块地平整不平整他心里有数，哪块地能不能种水稻他心里也有数。哪块田埂上有鼠洞，哪条田埂黄鳝洞多他都知道。

我们挑猪菜的时候，公社会去问李老二，因为李老二知道哪块田埂上猪菜多。李老二如实相告："东湖田埂上马兰头多。"有时，他要是闲，也会逗我们。他故意把地点说错，把"东湖"说成"南湖"。还不待我们走远，他又喊停，说是东湖。我们在问过他话之后，便会稍停下来，望一望他，作犹豫状，笑，再喊他一声"二大爷"，李老二自然不会再糊弄我们了。他会平静地告诉我们，很慎重的样子："东湖，伢子！"

后来我到稻田边钓黄鳝的时候就学乖了，见面先喊他一声"二大爷"。李老二信息一说一个准，钓黄鳝我没有空手回的。

"旱改水"的时候队长就吃不准了，扩大水稻种植面积，哪一块旱田能否种水稻都要李老二定夺。李老二说这块地能种稻，但是要整。队长立马拿起铁皮筒向全村人喊话："全村男女下午整地！"

也不怪队长愿当傀儡，实在是李老二种稻有经验。他是老稻农。

边角地难整，不成形，一般都是依它的原貌，什么样子就是什么样子。有的坡度大的田就要做田埂了，就是从田中间将田拦腰截断，敷上土，做出一条田埂来，将田一分为二，然后，再将每块田里高处的土推到低处去。做埂毕竟比整整块田省些力；还有，要想把田整平，那高处的土都得取，费力不说，那熟土就没有了。熟土是营养土，没了营养土，水稻没了地力，缺营养，哪会有什么好收成。

种庄稼盼的就是有好收成。"土、肥、水、种、密、保、管、工"，种稻的"八字宪法"哪个"字"都重要，哪个字的背后都倾注了村民的艰辛劳动。那天有人跟李老二说起"宪法"，说起种稻的"八字宪法"，李老二一愣神，说的一句话让我至今都记得：

"种田，才是根本大法。"

四

看天看晨，看稻看青。

春芽子就不一样了，做秧母的地肥。春芽子刚出稻壳，稻粒还连在秧苗的根部，种子里的营养还没有完全消耗掉。这时候的秧苗就像是刚出世的宝宝。不过，接着天光了它还是要吃奶的。秧苗的奶是水，是肥。

刚出壳的秧苗并不绿，它嫩黄，还有点微微的红色。这是生命的色彩，这是阵痛、挣扎、呻吟之后所诞生的生命。茎是透明状，等它松针样的叶子展开的时候，茎也觉短了许多，舒展的叶才渐次变色：嫩黄，嫩绿，淡绿，深绿。

晨，秧苗上笼着一层薄薄的轻雾。地气不散，地气就笼罩在稻田之上，笼罩在村庄之上。再一细看，每片稻叶尖上都顶着一

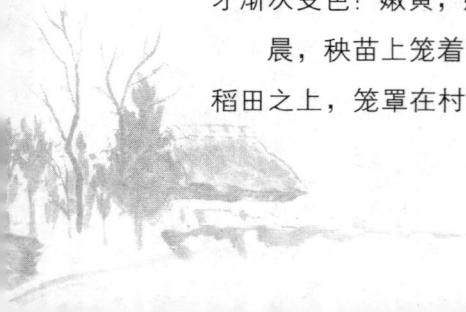

滴露，每片稻叶都闪闪发亮。稻田一片银光闪闪，稻田一片珠光宝气。吸一口气，馨凉，芳香。空气里有股淡淡的水稻味，有股泥土味，有股草味，有股烟火味。

散发出烟火味的是烟穗。烟穗就是炊烟，炊烟如穗。炊烟是长在地上的庄稼，炊烟是长在天上的庄稼，炊烟是长在乡村的庄稼。烟穗是村民永远也不收割的庄稼。烟穗一开始是直的，然后慢慢升起，慢慢扩散开来。看稻，看烟穗，烟穗描写的村庄更觉安静，烟穗缭绕的村庄便觉祥和。

早起的是耕夫，他们跟在牛后，亮出粗嗓子，唱着耒歌。耒歌清晰，也清爽。早起的还有妈妈，她推开门，门臼有"吱"的声响。接着，便听到有一片门臼的声响。妈妈用梳子梳好头之后站在院内，梳子依旧立在她的发间。妈妈的头偏向一边，双手在拢后面乱了的头发，她要用发髻把所有的碎发拢起来，然后再扎上头绳。头绳是褐色的，或者是赭色的。她在扎第一根头绳的时候，把另一根头绳叼在嘴里。妈妈把头梳好了之后掸去衣上的灰尘或是落发，然后，理理衣角，看看衣服穿的是不是有不妥之处。妈妈在做过这一切之后，会在院内站上片刻，把脸仰起，对着远方或是太阳，愣一会神，发一会呆。这是妈妈自己的时间，属于妈妈自己的时间是极短暂的。

妈妈的时间大多数是属于我们的，属于家的，属于队里的，属于队里的庄稼，属于稻。

听到门臼响之后，鸡在笼里叫了，猪在圈内哼了。鸡笼开了之后，她要准备喂猪，然后烧水，准备一家人的早饭。我们故意赖在床上不起来，等妈妈把所有的事做完之后，她会来到我的床前，拾起原本盖在被子上却掉在地上的衣服，嚷，起床。要是妈妈把早饭盛好，端上桌了，看我们还躺在被窝里，她便急了，猛

17

地掀起被："太阳晒屁股了！"妈妈的手掌凉凉的。

妈妈这样急是有道理的，我们要上学呢，她要"下湖"呢。秋李郢把到地里劳动叫"下湖"。早饭之后，队长准时要在乡场上用铁皮筒喊话的："农年挑粪，妇年薅秧喽！"农年就是成年男同志，妇年自然就是成年的女同志了。队里分派劳动就靠队长的那只铁皮喇叭。铁皮喇叭一吼，全村人出动，新的一天就开始了。

五

四月，注定是春情泛滥的日子。

风软，阳光也软。田埂上的马兰头羞答答，叶如眉，也如唇，半展半开，欲说还休的样子。双芽子着紫红的花朵，其茎嫩绿泛红，阳光一照，透亮润泽，看上去，真的想亲它一口。四月，万物复苏，让人春心荡漾。

水在田，秧在田。脱了鞋，赤脚。脚下的土软绵绵的，草也很轻柔，亲密地围绕在脚的周围，撩拨得让人痒痒的。没有人立时下水。他们坐在田埂上，伸出双脚。他们先让脚轻轻地碰一下水面，然后，再逐步深入，用脚挑一点水，让水一点点地从空中滴下，泛着阳光，哗哗地响。他们有好心情看水，看水滴下，尽情陶醉。尽兴了，"挑"过水之后他们会用双脚戏水。脚入水时还感到水是凉凉的，双脚慢慢适应了稻田里的水温之后，便会上下拍打，让水起花，让水活泼，让水跟着笑。

"戏水"是插秧人下秧田的"热身"动作，好比我们夏天下

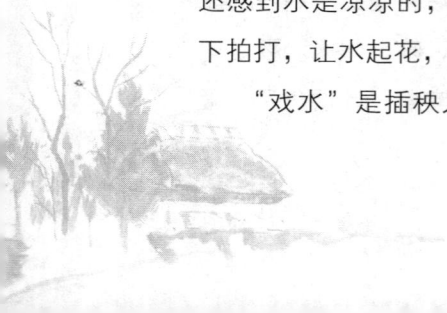

塘洗澡，也是先用凉水湿湿身的。所不同的是，我们是脱光衣服的，然后，站在池塘边，双水掬水，拍拍脑门，再拍拍胸脯，眼一闭，一个鱼跃，猛地入水。

据说，金桂的爱情就是从"戏水"拉开帷幕的。

看稻看水，水美，人也美。

春日，有说是金桂芳心荡漾。那天她戏水玩过了头，竟然溅了老四一脸的水。

老四姓秋，排行老四，过去人们叫他"秋老四"，也有叫他"老四"的，跟金桂结过婚之后，人们都叫他"金桂家的"。金桂泼辣强势的性格有点"声高盖主"了，却叫老四没了脾气，更想不到的是，最后连自己的姓名权都失去了。

栽秧时老四与金桂不离不弃，两人挨在一块。金桂是插秧能手，大队举办过一次插秧比赛，金桂还得过一把镰刀的奖呢。可遇着老四的时候，她的手像是被扎起来一样，老是掉"秧趟"里，与老四比，有时，还竟然慢一个身子的距离。

老四手多拙呀！奇了怪了。

要不是那天金桂在李老二家吃喜酒，她多喝了几盅说酒话，人们也不会知道这个秘密的，还以为他俩只是在一块说说话。

人们都骂金桂"孽种"。金桂辩："是他眼馋！"

怎么回事？

天在上，水在下。水映天，也照人。有一天，金桂跟老四说话时见老四发愣，他眼盯着水！金桂一瞧，由于弯腰过低，自己的粉红内衣映在了水里，春光乍泄。金桂满脸通红，急忙插秧，将水搅浑，像是一个写了错字的孩子，连忙用橡皮把错字给擦掉似的。

说实话，金桂并不漂亮。小时候因为顽皮，跌跤，眼上还落下了一块小疤痕，成了"疤瘌眼"。老四是金桂自己相中的人。也不知是老四木讷不善言，还是对金桂的性格或是长相有微词而退避三分，在金桂面前，老四却显得斯文起来了，这让金桂有点心急。那"一眼"倒让金桂开了窍，她插秧的时候，故意落在老四后面。近在咫尺，近在眼前，近在左右。老四哪里把持得住。

"叫你眼馋，索性让你看个够。"金桂酒后吐真言。

秋李郢人说，是金桂"勾引"了老四，是秧田成全了他们的爱情，是秧田里的水成全了一段姻缘。金桂笑。她那眼角的疤，都开成了一朵花。

酒醒的时候，金桂就不这么说了。金桂说，春天了，草还知道发青呢，那稻田里的稻，还不一样跟着发绿孕穗结籽呀。

"广步于庭，被发缓形"，四月，春心萌动，春情勃发，叫人放浪形骸。古人尚且如此，有多少人会去计较金桂那点不为人知的"爱情计谋"呢。

六

看稻看色，看稻的脸色。脸色好，水稻的长势就好。有了好收成，五谷丰登了，这便是种田人的大理想。

套用一句老话，"水稻好看，要绿叶扶持"。现在，不会有人想到，有一种草，为讨水稻好脸色，甘愿"献身"。这草专侍水稻，葬了给水稻做绿肥。

它叫红花草。

红花草，花并不是十分红，有点淡紫色。四月，红花草开得

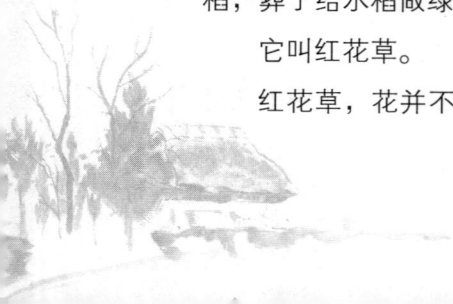

很野，像云，也叫它"紫云英"的，还有叫它"翘摇"的，我就不知道是何意了，莫非，是说它的茎、花、叶翘首迎春，精神抖擞，随风摇曳。这名字生动。

晚稻收了的时候，露田，将田晒几天，然后，在田里放上"跑马水"，就是用水过一下田，湿了地，便可将红花草的种子撒在田里了。

一个冬天，红花草星星点点的绿，不成气候。它蛰伏在稻茬田里，与其说是在等待春天，不如说是在等待秋季。春天了它会猛长。秧季一到，队里便用犁将它耕了，整个身子埋在地下，然后放上水，沤它做肥。

"落红不是无情物，化作春泥更护花"，是护秧，护稻。诗句用在红花草的身上，却是贴切得很。

春渐深，叶渐绿，花开。放学的时候，我们会涌到红花草地。那可是一道日渐厚实的绿地毯，我们在地毯上"斗鸡"。一脚立地，金鸡独立状，另一膝盖弯曲、脚放大腿面处，两人相向用膝盖互"斗"。左冲右突，独脚跳跃，一方力不支，败下阵来，倒地；另一方也大累，随即直直倒下。纵使有"咚"的声响，也不觉疼。躺下，花叶过脸，脸上被撩拨得痒痒的。一股淡淡的香味扑鼻而来，还有草的气息，土地的气息。我们张大嘴呼呼地喘气，也想把这些馨香的味道都吸进肚里。太阳晃眼，阳光，如温顺的猫咪。

更多的时候，我们在红花草田里追逐、嬉闹。公社总跟我过不去，一到田里就要跟我摔跤。躲是躲不过去的，索性应战，一般不出三个回合，我便输了。我两一起倒地，回家还要受妈妈的数落，骂我到红花草田里"疯"的。我顶嘴否认，这让妈妈更生气。原本到田里摔跤打架就不是了，又撒谎，两错，妈妈站着不动，举起鸡毛掸子在我的头上方，放出狠话："下次要是到田里'疯'，看我不打你的腿。"我哪还敢嘴犟，没了底气，嘴角顶多嗫嚅几下，低下了头。原来，色不瞒人，我衣服的后背处，沾染了不少红花草的汁。到插秧将红花草耕过做肥时，我的那件小白褂，由于染上的绿色洗不掉，成了"迷彩服"。叫我迷惑的是，妈妈的那根鸡毛掸子，怎么就始终没落在我的腿上呢？

　　红花草还是不错的野菜。在《故乡的野菜》里，周作人专提到它的，"采取嫩茎滴食，味颇鲜美，似豌豆苗"。春深，正是青黄不接的时候，打红花草主意的人很多。村上有好些人都"偷"过地里的红花草回家炒吃的，这成了公开的秘密。哪知"偷牛没逮到，逮到个拔桩的"，谁叫你李老二没跑掉呢？

　　李老二腿不便当，是个瘸子。

　　其实，队长也知道偷红花草的事，他只是睁一只眼闭一只眼的。缺粮呀！那天三个队委高调出场，放出风来要去抓偷红花草人的。心知肚明的事，这不等于通知你了不是。哪知李老二还是因为走得太慢，叫逮住了。

　　队里研究决定，要对李老二有个说法，就是开个"批斗会"，走个过场，让李老二承认个错误便是。那年月，批斗会常有。批斗李老二那天下小雨。李老二站在台上，低头，村民也都不言语。李老二是木讷之人，这检讨是要说的。哪知李老二刚说了一句话："我家也断粮两天了。"声音便跟着哽咽起来，这个刚强的汉子，继而流出了泪。

　　场上一片抽泣声。

　　后来得知，队里又研究决定，每个队委从家里借五升米给李老二家。李老二再也没去偷过队里的红花草。叫人意想不到的是，据说，每至夜间，总会有人把偷来的红花草放到李老二家门

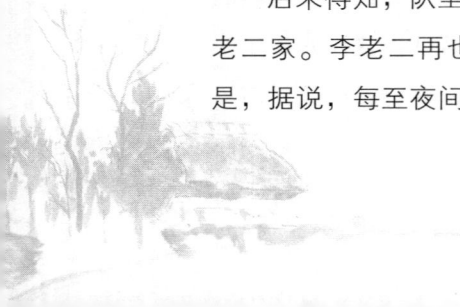

前。"偷"总是不好，只是这偷红花草之事，却让所有秋李郢人都觉得很温暖。

直到上世纪八十年代，我才没再看到有人种红花草。后来有了各式的化肥，作为专侍水稻的绿肥，估计红花草也已经消失。跟红花草一同消失了的，还有那一段叫人永远难忘的饥馑岁月。

七

乡村是一块田，秋李郢也是一块田。

我们所有的去处，都是在田里。

田里种的是庄稼，田里只种庄稼。稻是，树是，人也是。

稻是一年生的庄稼，树是十年生的庄稼，人是百年生的庄稼，"十年树木，百年树人"嘛。扯远了，打住！

事不离田，田不离稻。

"二月二，挑荠菜。"荠菜棵小，人吃的多。自二月始，挑猪菜是我们的重要事情。放学回家，猪圈里有嗷嗷叫唤的猪，门前，有一只空空张望的竹篮。地边，田头，田埂，是我们挑菜的主要去处。每样菜都有名字，每样菜我们都能叫出名字，马兰头、灰条菜、婆婆丁、苦味苔、面皮菜、酸溜子，多着呢，仅蒿就有黄蒿、白蒿、艾蒿、狼尾巴蒿的。

我们也知道每样菜的脾性。灰条菜上面有灰白色的粉状物，摸它，有爽身粉般的滑腻。婆婆丁有浆，掐一截，便能冒出白浆来。别看这浆是白的，沾到手上之后，不知什么时候它就变成黑的了，黏，还难洗。苦味苔味苦，苦在芯。酸溜子味酸，我们常掐它几叶，放口中嚼，齿颊生津，让我们的味觉兴奋不已。我们还知道，哪种菜养猪，合猪的胃口。不过，我们容不得猪们挑食，猪菜挑回家后，都把它一块儿剁碎，再拌上米皮糠，倒进槽里，猪便将槽底舐食得干干净净。

稻季里，蜻蜓也欢。"小荷才露尖尖角，早有蜻蜓立上头。"杨万里笔下的蜻蜓显然是站在荷塘里的。"日长篱落无人过，唯有蜻蜓蛱蝶飞。"范成大说的蜻蜓估计是在院落里。"穿花蛱蝶深深见，点水蜻蜓款款飞。"杜甫倒是说蜻蜓挨着水了，但也没说就在稻田里。我们喜欢到稻田边捉蜻蜓，稻田边有一种红蜻蜓，颜色特别鲜艳。红蜻蜓飞累的时候会落在稻叶上，这让我们有了逮它的机会。我们蹑手蹑脚地从蜻蜓的背后靠过去，一步一步地，低头，屏住呼吸。蜻蜓也挺有警惕性的，翅膀不时地翕动，转一下头。蜻蜓动的时候我们便停下脚步，等蜻蜓不动了，我们再小心前行。如是者三。接近蜻蜓的时候，我们便瞄着蜻蜓的尾巴，用拇指和食指一捏，蜻蜓迅即弯曲身子，挣扎，想飞。我们哪里还能放它。我们把红蜻蜓捉回家，放进蚊帐里，让蜻蜓吃蚊子。晚上睡觉的时候，我们便故意在蚊帐里留几只蚊子。蚊帐里没有蚊子的时候，我们还从外面的墙上捉几只蚊子放在蚊帐里。哪知，蜻蜓是不识抬举的家伙，它并没有去吃蚊帐里的蚊子。为此，倒是我的身上、脸上落下了好些包，显然是叫蚊子叮的。

家前屋后的蜻蜓是赭黄色的，它老是在飞。我们对付它就要另想办法了：用蛛网粘它。从旧竹篮上扯下篾，系成圆形的圈，然后绑在竹竿上，呈"♀"形状。我们先到屋檐下去找蛛网，将蛛网整个用篾圈网住。网有三四张蛛网了，这蛛网的黏性就大了。见着蜻蜓，只消对着它罩过去便是。蜻蜓一碰到蛛网，就粘在上面了，完好无损。有时，遇着知了飞，这蛛网也能将知了粘

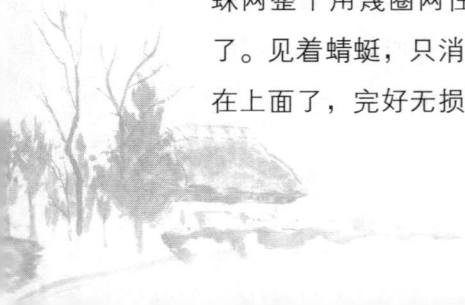

住的。知了飞得猛，你得眼捷手快才行。知了性烈，冲劲大，捉它时它会在网上扑腾，终是落网，那一张蛛网也便叫它毁了。这又要我们重新去找蛛网。一个稻季下来，家里的旧竹篮也便叫我们拆的只剩下个篮底了，有时，新竹篮，也会跟着遭殃。

我们在田埂上挑猪菜，捉蜻蜓。其实，稻田埂上的"茅眼"也好吃得很。茅眼有的地方也叫"茅针"，茅眼就是茅草花。吃茅眼要趁早，嫩，有水分，还有丝丝的甜味。让人想不到的是，秋李郢人却尝不出它的甜味来。

那年春末，秋公社的小弟老巴子到稻田埂寻茅眼吃。老巴子小，不足七岁，哪里分辨出这茅眼是嫩还是不嫩，见它就吃。哪知他吃得太多，而且大多数的茅眼也抽出，成了茅花。茅花就没有多少水分了，像棉花样的。我们都怪老巴子笨死了，茅眼老了还吃。日晌，午后，直至傍晚时分，人们发现他的时候，他已躺在稻田埂的水沟里。肚皮朝上，像鼓。医生说他是叫茅花胀死的。

一直过了好些年，公社妈还常是眼泪汪汪。每每提及此事，秋李郢人便会跟着感叹：要是那季稻下来就好了，要是有粮就好了。有粮了，老巴子哪能天天去吃茅眼；有米吃了，不去寻那茅眼，老巴子哪能死掉呢。

八

李老二打那一摊泥稻的主意是致命的错。

李老二在秋李郢是有声望的人。当年他当水稻管水员的时候，把稻田里的水管得服服帖帖。稻里有水，为水稻的生长提供

了保证。那年，在管水的时候，他竟能和前进队的管水员单打独斗，就是前进队来了好些人他也不退却，英雄奋斗，最后腿负了伤，落下了残疾，李老二成了瘸子。李老二感到很光荣，纵使他走路一颠一颠的，李老二认定这样的走姿不难看。李老二把胸挺起，仿佛，他那胸上都挂满奖章似的。"因公负伤"不仅为李老二赢得了声望，也使他拥有了一份好职业，成了队里粮食仓库里的保管员。

想不到的是，那一堆泥稻竟然会是你李老二兜回家的。

队里在乡场上打稻的时候，扬场过后下风口总会有好些半瘪的稻子。这些稻子不仅不饱满，还掺杂有大量的泥沙，也有没捡完的稻秸秆什么的。人们叫这些稻子为泥稻。人们一时是没有时间去清理那些泥稻的，就将它堆在乡场一角。积聚多了的时候，队长同意，便将泥稻给分了。一家一堆，肉眼看便行。说是一堆，也不过四五斤的样子。泥稻不当口粮，更不能交公粮，泥稻分回家多半喂鸡，人们也叫它"鸡食"。

哪知，那天分鸡食人出了差错，全村二十八户人家，却分了二十九摊鸡食。直到天黑，那堆鸡食仍孤零零地堆在场角。

莫非哪家人没来。公社家是公社妈来的……秋老根家是他媳妇来的……金桂家是"金桂家的"来的。李老二拼命地想，拼命地算，其结果是，二十八户人家都来过了。也是，粮食面前，谁能是马大哈呢。

那堆鸡食是多分的。

那天恰逢李老二看场，就是看乡场上的粮食和草。他睡在乡场边上搭起的草屋里，无星，无灯，无月。李老二的脑子里只有那堆鸡食。

拿，还是不拿，这是一个问题。

那堆鸡食让李老二纠结透了。

李老二后悔死了，说那一堆鸡食毁了他一世的名声。

也怪李老二那件破长衫，也怪李老二那走路夸张的动作。

那夜，黑得伸手不见五指。最终还是鬼迷心窍，有了歪主意。他穿起长衫，摸到那堆鸡食处，将鸡食用手捧进了长衫面襟里，然后，用双手拎着衣襟边，一瘸一拐地摸着路回家了。哪知那长衫的衣襟前有个洞，他走路落地也不平稳，动静大，每走一步，泥稻便会从洞里落下一些。等他走到家时，衣襟前也是空的！这让李老二很慌张。

事情还是败露了。天一亮，一路上有鸡！

那鸡是在啄食地上的稻粒的，不想这鸡竟然排成了一条线，一村的鸡排起了队来，一头从乡场始，这"队伍"一直排到李老二的家。

鸡很快也便散了。这事知道的人不多，队长也没去计较。毕竟，这只是四五斤的泥稻嘛，过不盖功。但是，打那以后，李老二像换了个人似的，话语不多，走路也不再张扬了。我猜，他感受到的胸前的奖章，也如那衣襟里的泥稻一样，也一枚不剩了。

九

"干稻草那个软又黄呦嘿，金丝被那个盖身上呦嘿。"

一度时期，秋老根他们都在唱这歌，就两句。唱也罢，有点神神秘秘的味道，常常是"呦嘿"过后，还掩嘴窃笑。

笑什么呢？

就连金桂这个喜欢"操闲钩子"的人，听着了，也快步溜开。

溜开干嘛？

金桂、秋老根他们要年长我们好些岁，他们不跟我们玩。他们之间的事，我们知道的也很少。再说，我们又不是没有人玩的，你溜你的，你唱你的。

秋收慢，稻季长，夜晚堆尖，满满的，有月，得好好消受才是。

乡场自然是好去处。平整，敞亮，也有两盏不甚明亮的马灯。我们在乡场上斗鸡，躲猫猫，做得最多的游戏就是"捞羊"。

斗鸡是两人游戏，躲猫猫三四人最好，七八个或是更多的孩子，那就只好捞羊了。

一排人排好队，成一列，后面的孩子紧拽前面孩子的后衣襟，选一个个子高有力气的孩子做"头羊"。"头羊"起到保护后面"小羊"的作用。捞羊人是"狼"，他就是要"捞"到队伍最末尾那只"羊羔"。"狼"站在"头羊"对面。游戏开始，"狼"是左冲右突。"头羊"呢，自然是跟着"狼"的节奏和方向，伸开双臂，护住"羊群"，拦住"狼"。"羊群"也跟着"头羊"左右摆动，队伍像舞动的龙。其结果往往是，排在末尾的那只"小羊羔"叫"狼"给"吃"了。

"狼"是狡猾的家伙，佯装向左，"头羊"自然向左，后面的"羊群"正向左摆动呢，哪知"狼"一个急转方向，向右寻去。"头羊"是反应过来了，那后面的"羊群"哪里能反应过来，那"小羊羔"根本还不明白是怎么回事的时候，便叫"狼"给"叼"了，逮住了。"狼"胜，游戏得重新开始，那就是要换"头羊"。

其实，金桂也到乡场上的，老四也到乡场上的。他们没有斗鸡，也没有躲猫猫，更没人跟他们捞羊，他们在乡场上一大晚上了，他们是干什么的呢？其时，我们也知道金桂和老四是"好"上了的。什么是好上的呢？我们依旧好奇。

也有玩累了的时候，玩累了我们就躺在乡场上，地上铺有稻草。那天我到草堆背后小解，听有脚步声，突然老四放出话来："看什么看，毛孩蛋子！"我吓了一跳，急忙掉头。我哪里是看什么的呀。

有什么可看的呢？

"公社喳——三丫喳——"

月偏西，蛙鸣四起，蝈蝈声渐大，村口便有妈妈们的唤归声了。妈妈们喊我们回家睡觉了，我们不无留恋地回家了。

有这么多的疑惑在我们心里，哪能一时解开。

要不是有"偷粮"一事，怕是我心中的这些疑惑会更多。

那天我们已回，乡场上静了下来。李老二是有警惕之人，他听到了草堆后面有窸窸窣窣的声音。李老二靠近，声音无，等李老二停下脚步，那声音又出。李老二认定草堆后面有人。他是看场人，是看粮人，"提高警惕，保卫粮食"是他的职责。他的第一反应是有人偷粮。恰巧，这时候有几人在前庄喝喜酒归，李老二觉得有人给他壮胆了，便扯起嗓子喊："抓贼啊，有人要偷稻啊。"

听到有人要偷粮食，那还得了，我还没到家门口呢，也便折身奔向乡场。等我们赶到时一看，哪里是贼，是老四和金桂他俩，金桂和老四一头稻草。李老二拎起马灯想看呢，金桂立马站起身："眼瞎啦，没看过啊。"

李老二讨了个没趣，众人散。

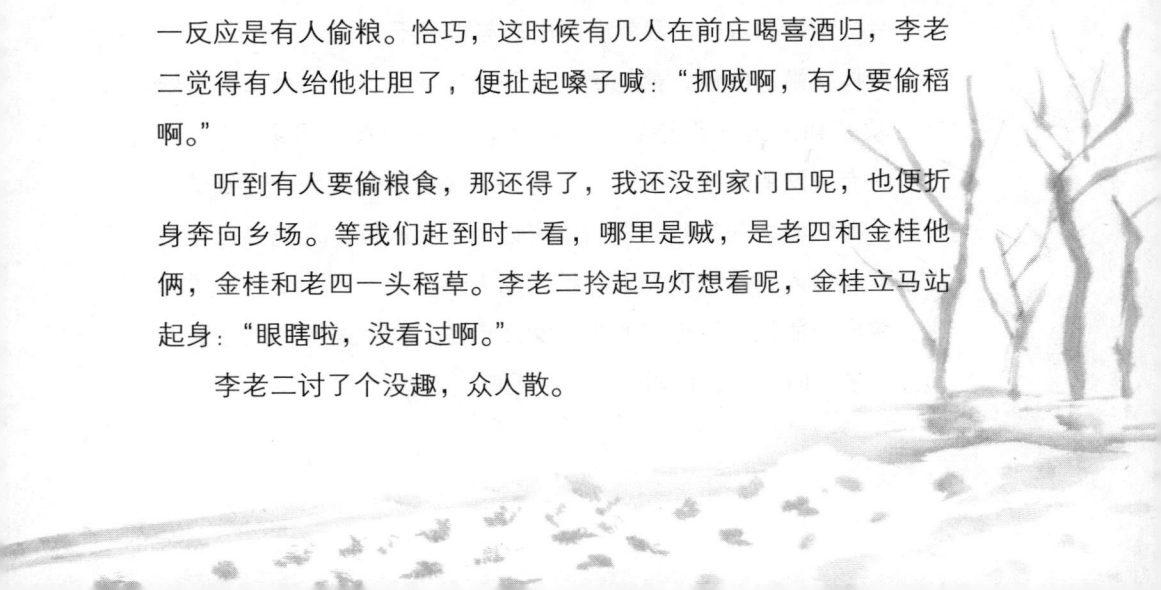

"干稻草那个软又黄呦嘿，金丝被那个盖身上呦嘿。"

秋老五他们见着金桂或者老四的时候，便唱。

直到那年秋后，金桂和老四结婚了，也就没有人再唱这歌了。但是金桂跟老四乡场"偷粮"的事，在很长一段时间，成了秋李郢人津津乐道和善意取笑的把柄。

后来，我渐渐明白了，乡场，不只是孩子们游戏的乐园，也是乡村青年男女滋生情爱的公园。

十

金桂说她命里有稻，是"稻命"。一生大凡重要的日子，都与稻脱不了干系。

金桂落地的时候正值稻季。桂正香，稻正黄，金秋八月，应时应景，便取名金桂。金桂姓金。金家在秋李郢是小姓，独此一户。金桂是"连耕带耙"，大名小名搁一块，秋大先生都说这名字"不孬"。

金桂结婚的日子，我就看不出来与稻何干。

金桂结婚的时候，最初择的日子是二月初二。二月二，回娘家。秋李郢人这一天是要带姑娘的，就是带女儿回家。"二月二"是有说法的日子，金家人觉得还要请秋大先生看看这日子好不好。哪知秋大先生听了以后不言语，金家人慌了，晚上包了两包茶食差媒人送给秋大先生。秋大先生开口了，女孩回娘家了哪好，嫁出去的姑娘泼出门的水，女儿出嫁了，就是要在婆家安心地过日子。回家了，那叫什么……是吧。

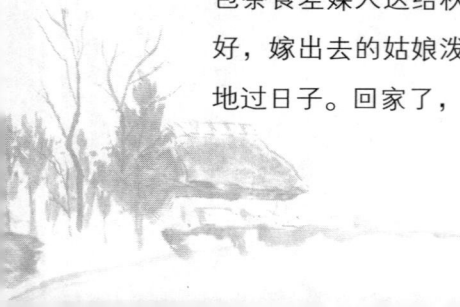

"那叫什么"后面的话没好说，秋大先生只是朝媒人挤挤眼。媒人也看了看秋大先生，两人心知肚明，都知道那句话后面是什么意思了。总之，那日不宜嫁娶。媒人回来后，又把秋大先生的话说了，最后，还向金桂父亲耳语了几句。金桂父亲听了之后有片刻的停顿，愣了神，毕竟已收了男方的彩礼了，总不能拖太长的日子，又差媒人去请秋大先生给择个日子。媒人回，金桂父亲心里有底了，一拍大腿，拿出了当家人的架势，就定在二月十二吧。

"二月十二，'爱要实爱'。"

秋李郢人说话时，"月"与"要"口音相近。

讨得好口彩，一家人高兴得很。

虽说是父母之命，金桂还能说什么话。再说，这门亲事是金桂自己相中的，她哪有半点意见，巴不得结婚的日子越早越好。

金桂结婚那天，由于男方女方都在一个村里，一个前庄，一个后庄，相隔不过半里路。全村热闹得很。听到金桂家鞭炮响，后庄便嚷，新娘子要来了，快，快，准备鞭炮。不到一支烟的工夫，后庄的鞭炮也便跟着响了起来。

这天，金桂家把红纸满屋地贴，喜庆得很，就连笆斗上、土瓮上都贴上了红纸。秋大先生是两头忙，喜联竟然跟他春节时给村民写的春联一个内容。墙上依旧是那条"独联"："捷报来年五谷丰登！"

村上人忙着吃喜酒。"喜酒喜酒，喝个歪歪扭扭。"村上人有言。我们只是跟在大人身后看热闹，看新娘子。其实，金桂我们是天天见得着的呀。全村人都忙着看新娘子，莫非，金桂跟往日不一样了，莫非新娘子有什么特别的模样。

洞房门前摆了三排长板凳，每一排板凳都是一个关口，每个关口都要新郎官一一打开，新娘子才能到下一个关口。我们后来知道了这叫闹洞房。闹洞房无理得很，多是"酒醩子"，醉酒之人，是些不好说话的主。新娘子、新郎官要十分有耐心，无非是给人点烟之类。新郎官散喜烟，新娘子点火。哪知新娘子刚把火柴擦着，叼烟者就是不吸气，眼看火柴熄了，那烟还是没点着；再擦火柴，叼烟者屏住气，还是动也不动。如是者三。叼烟者如此消遣也有不过意的时候，刚想吸烟，一旁的人又"噗"地将火柴吹灭。

也怪秋老五刁难过度，金桂都擦了半盒火柴了，秋老五就是不吸气。他坐在板凳上，佯装睡觉，借着酒劲，哪知他一下子竟要倒向金桂的怀里。金桂原本是放下菩萨就念经之人，哪里受过这种罪。她把那根燃烧的火柴，猛地送到秋老五的嘴边。秋老五邋遢，胡子多日没剃，火柴这一送，竟把他下巴上的胡子给烧了近半。

秋老五是偷鸡不成蚀把米，这事让金桂取笑秋老五好些年。不出半年，金桂女儿稻花出世，又让秋老五逮住了话把子，说金桂不"遵守纪律"，哪有结婚半年孩子就出生的道理。这又让秋老五取笑了好些年。

稻花出世时恰巧也是八月，桂正香，稻正黄。金桂女儿出世，金桂做的主，取名稻花。

鸟有言，花有语。后来我知道了，每种花都是有生日的。稻花，也有生日，稻花的生日便是农历二月十二日。生日当天，还有放鞭炮，在门上、土瓮上贴红纸等繁缛的仪式，一想，这跟婚礼没什么两样。

这么巧，我这才想起金桂那天结婚便是这日。

莫非，金桂真的一生有稻。

其实，秋季郢人，个个都是"稻命"。种田人，谁又能与稻无缘，谁又能与粮食脱得了干系呢？

十 一

我在写这段小文时，试图将"忙假"作为词组用五笔字型输入电脑。电脑"吱"的一声，报了错，没有这个词。也是，现在哪还有多少人知道"忙假"呀。

农事紧，针也插不进的忙。夏收秋收是大事，孩子多少也能帮点忙的，放忙假便是。

午季是夏忙假，秋季是秋忙假。假日不多，十天，也有放十五天的。

想想，给我留下记忆的，便是那次夏忙假里的打秧草、抒槐树叶了。

午季要抢，麦子最怕遭雨。成年劳力一个顶俩。割麦、挑麦把，我们都干不了。"六月无闲人"，这当儿在村口晃悠显然是要有人说闲话的。何况正值忙假，要帮队里做活才是，要不"贫下中农代表"也会记着你的不是，这对今后推荐上中学或是上大学极为不利。

我念书时，每个学校都有"贫下中农代表"。他们进驻学校，其实也没有多少事。他们不识字，大多是"苦大仇深"的农民，他们偶尔会在操场上给同学们讲讲"忆苦思甜"的事。别看"贫下中农代表"很少在学校，可学生升学等关键时候他们是有话语权的。

秋李郢的秋老五就是我们学校的"贫下中农代表"。秋老五发话让我们这些学生去积肥、给稻田打秧草，哪个能不听。何况，这次积肥、打秧草给的是现钱。

估计不放心学生动刀割秧草，队委会研究决定，让我们将杨槐叶做绿肥往稻田里撒，二分钱一斤。

这让我们高兴坏了。

拿根竹竿，绑根钩，把树枝钩下来，然后捋叶。杨槐枝上有刺，捋到刺戳手不说，叶做绿肥，要是有人在秧田里走，会戳脚的。钩住的树枝我们都会格外地小心，生怕叫刺扎着，也怕有刺裹进树叶。我们这样小心谨慎，显然是费时费力、影响捋树叶的速度的。

出门时我妈吩咐要我戴草帽的，我不依。天热，戴它不透气，草帽重，还有大人用过的汗味和"老油味"，气味不好闻。重要的是，戴上草帽影响视线，根本看不到树上的枝叶。不戴草帽的直接坏处是挨晒，晚上回家便成"红头蜈蚣"了。最让我受不了的是杨槐叶叫晒蔫了，失去了水分，重量少。那是钱呀！

一斤杨槐叶，那可是一支铅笔，四支粉笔！

我动起了歪脑筋，想得到更多的"钢笔"、更多的"粉笔"。

那天傍晚收杨槐叶的是秋老六。秋老六眼睛近视，眼紧盯秤看，十分仔细，唯恐看错秤星，误了斤两。他这样极负责的样子却叫我钻了空子。

那天我只捋了五斤叶。

"五斤，一毛！"

秋老六报，秋公社、李小根他们都跟着排队。五斤树叶称过之后，我并没有立时将树叶倒进场边的大筐里，又拎了回来，让秋老六再称了一遍。

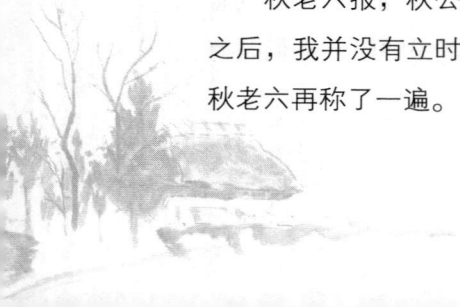

"五斤，一毛！"

我得意至极。

我的轻狂和不得体的喜悦没有逃脱过父亲的眼睛。他知道我一定做了不该做的事，一定有什么事瞒着他，一下子变得严肃起来。

我捏着手里的浸满汗渍的二毛钱，"老实交代"了。

那天父亲和母亲都十分严肃，显然对我的所作所为很是不满。

中午，大热，父亲和母亲吩咐我在家看门，他们带上了我将杨槐叶的竹篮出门了。

我在家坐立难安，先前的得意劲一扫而空。

一个多小时后，父亲和母亲回来了，将回来一大篮新鲜碧绿的杨槐叶。

我以为他们要我把树叶送到队里，我难堪至极。

"走。"父亲很是坚毅，不容我有半点的不从。我跟在他的后面。

父亲把我领到队里的一块秧田边，指稻："地无肥不长粮，人无品不成材。你把欠的这一篮杨槐叶撒了吧，向水稻认个错。"

阳光响，我一脸臊热。

十 二

"稻堆脚儿摆得圆，社员堆稻上了天，撕片白云揩揩汗，凑上太阳吸袋烟。"《堆稻》是"跃进体"诗歌的代表作之一，连秋李郢不识字的秋老五都会念这首诗了，可见《堆稻》的影响力有多大。

我出生的时候"大跃进"浮夸风已"退烧"，水稻的产量已"趋于平稳"，实实在在的几百斤一亩。

"放卫星"那会就不一样了。

"放卫星"，水稻出足了风头。

那会，各地刮起了水稻"高产纪录"风。我从网上搜索得知，某县报：亩产水稻试验田，放出了一颗亩产水稻15 361斤的早稻高产"卫星"。此后，各地不甘示弱，"卫星"陆续升起。据报载，湖北省某地出现了"天下第一田"，早稻亩产36 956斤！

秋李郢的秋老五也是有"头脑"的人。他是队长，大小也算个"三级干部"。哪晓得秋老五也跟着去放"卫星"。

秋老五选择了一亩地大小的稻田，作为高产田。他召集众男女劳动力近百人，将附近二十多亩即将成熟的水稻连根拔起，运至高产"卫星"田里，刨开"卫星"田稻棵与稻棵间空白处的泥土，重新密植。

昼夜三天不息。水稻株穗之间密不透风，有人试过，丢块鹅卵石不落地。秋老五还让李解放站在水稻上。李解放也还真能心领神会，竟然在水稻穗上走了几步。秋老五嫌不过瘾，他又把秋老二叫了来。秋老二是大人，比李解放这孩子要重得多。怎么着，秋老二果然能站在稻穗上了。密实吧！

收稻过秤：亩产10 052斤。产量过万！

这着实让秋老五在方圆五六里的秋李郢高兴了一阵子。

据说秋老五也有遗憾，没有请公社照相的来，要是把秋老二站在稻田株穗上的样子用相机照下来那该多好。

"五爷，听说你种过一万多斤一亩的水稻。"

"是啊。"

我们会冷不防地问五爷。五爷呢，会不自觉地脱口承认。不过，他只要稍一思索，便会缓过神来的，语气也轻软了下来，显然没了底气，便会改口道：

"吹的。吹的！"

紧接着，他又会用自己的方式调侃：

"拿水稻开心"，他又会自言自语重复一边，"拿水稻开心"。

有一回我留意观察五爷。五爷在说第二遍"拿水稻开心"的时候就走神了，仿佛有一个心结。这个心结一定是一时解不开的，语气低缓，神志恍惚。似如梦。

"五爷，听说你种过一万多斤一亩的水稻。"

"是啊。"

这样的对话持续了好些年。一个村子的人都问过五爷。

"五爷，听说你种过一万多斤一亩的水稻。"

"啊？""呵呵。"

再后来有人问五爷的时候，五爷便回答得不干脆了。语气低缓，神志恍惚。梦已深。

"五爷"——"稻堆堆得圆又圆"——这之后有人问五爷，还不待人问完，五爷便唱上了。

五爷疯了。

拿水稻开心，水稻，没有让五爷开心。

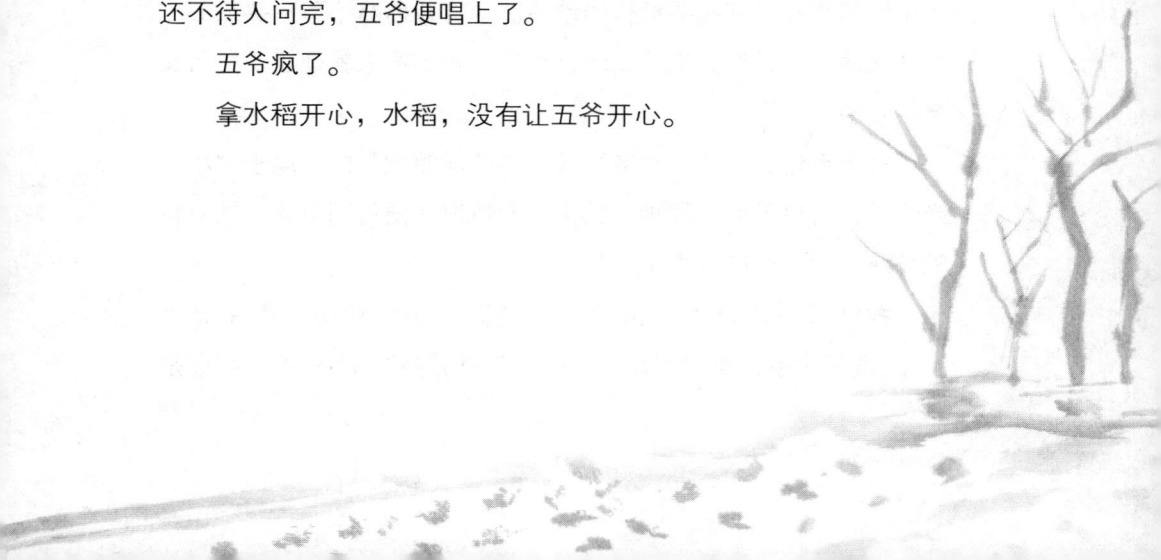

十 三

　　稻花香里说丰年。丰年是要说的，是大人之间说的，要是我不识趣，也跟着凑热闹，父亲会找我的麻烦。

　　夜，有几粒灯火映在千格篾窗上，也一定有方块字，一行行游走在豆大的灯火下。

　　秋李郢晚上点灯的不多，费油。我要读书，或许是父亲难耐这乡村的长夜，我家台灯亮着。灯亮，队长常来，秋老二也来，还有李三疤子也来。随人来的也有几条狗，在门外对着灯蹲着。狗不安分，叫，或是公然打情骂俏。推磨虫小飞机样地带着响向灯罩猛扑，也有掉进灯罩的，"吱溜"一声，不多一会，推磨虫便伸腿不动了。一晚上灯罩里能积聚四五只推磨虫。

　　妈妈凑过来，就着灯光纳鞋底；刚下放的父亲面前放把算盘，噼里啪啦地敲，盘算着能打多少麦子，收多少稻，一年的口粮缺多少。蛙响，年成好，高兴处父亲便用手一划拉算珠，像钢琴手结尾高潮时划拉琴键样的动情。这当儿你断不可抬头三心二意状跟着起哄，埋头把"锄禾日当午"背出声来就是了，免得父亲找我的"麻烦"。

　　背出声也有坏处，父亲说我是唱"洋溜歌"的，属于"小和尚念经，有口无心"那种。父亲的判断很快便得到应验，他对付唱"洋溜歌"有自己的独到办法。

　　我读书时正赶上"文革"。《语文》第一课是"毛主席万岁"，就五个字；第二课是"中国共产党万岁"，七个字；后面是

否还有几课"万岁"，我记不清了。总之简单得很。父亲的"锄禾日当午"纯属他加给我的课外负担，长，又难理解。还好，父亲教过两遍之后，我便也能囫囵吞枣记住了。

"会背了？"

"嗯。"

"会认了？"

"嗯。"

父亲一边跟我说话，一边折纸。我戚戚地看着。父亲折几下，就着小油灯把尖烧掉，展开，纸中间是个有糊边的小洞。这洞也只是一个字大小。父亲把纸覆在书上，一句一句的话变成一个一个的字了。奇了怪了，原本背得烂熟的句子，从洞里一个一个露出来的字我便吃不准了。这当儿我常将"当"读成"午"，父亲又把"午"套出来让我念。"当"全乱了。

"背！"父亲大怒。

"锄禾日当午"，一边抽泣一边背书怕是狼狈至极。母亲劝，小点声，掉魂呢；隔壁秋大听到了也过来劝父亲"消消气"，吓我"不识字媳妇都找不到"。

父亲和秋大在灯下历数村上不识字人之多。斗大字不识一箩筐的不少，大多是扁担长'一'字都不认识的。李五有意思，近三十了没找到媳妇。那次去邻村相亲，挂了两支钢笔"装门面"，要好看，冒充识字人。偏巧准老丈人席间要借他钢笔写代办条。酒至酣处，李五随手拔笔。空的。再拔，还是空的。李五忘了，他临出门时找秋二先生借笔，秋二舍不得，怕他把笔弄丢了，想着只是借笔装模样的，只借他两笔套挂上。李五露马脚了，尴尬且不说，亲事黄了。

其实秋大说李五拔第一支笔套时我也窃笑，拔第二支笔套我哪里忍得住，竟"噗嗤"笑出声来。

"还笑。"父亲训我时自己也笑。秋大也笑。再瞧一旁的妈妈，早就放下了鞋底捂着肚子，好半天才缓过劲来："老毛病，这李五一喝酒就有故事。"

这之后有好些年，我妈都会问进城的秋李郢人，李五讨到媳妇没有。

十　四

隔着岁月的门槛，隔着乡村的幕布，一组组的镜头定格在秋李郢的乡场边上，定格在稻花香里，成为"稻"影。

稻季里，有两场电影秋李郢是一定要放的。一场是了秧的时候，另一场是开镰的时候。前者是犒劳村民的，苦了一个秧季了，稻季告一段落，放场电影让村民高兴高兴。后者是鼓励村民的，丰收在望，开镰在即，新的繁重的劳动又开始了。你得佩服队长这样决定的精明，有政治头脑。这两部电影像楔子一样地打在稻季的节点上，便觉得整个秧季有滋有味，也觉得整个稻季浑然一体。秧季苦，稻季更苦，人人都要有喘口气放松一下的时候，人人都想去参加那场最热烈最能让所有的村民们兴奋不已的乡村party——看电影。看电影不仅让村民乐坏了，也让我们感到生活是如此的美好。

这样的好心情最初是从看到那块幕布升起的时候开始的。是惊喜。我们放晚学的时候，猛一抬头，那块幕布已升挂起来。它就挂在乡场边上，它就这么不声不响地挂在稻田边上。原本没精

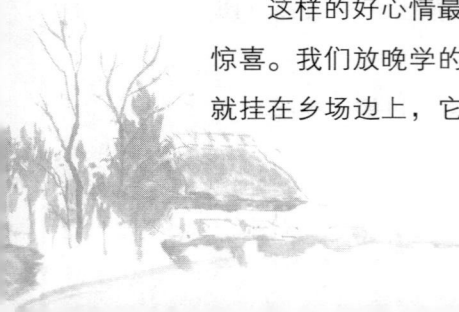

打采死气沉沉的局面立即被打破，说话声高，有人还莫名地发出嗷嗷的叫声来。秋老根把两指压住舌部，猛地一吹，原本在电影场上才吹的口哨这会已提前响起，好像已经放映了一样。我们走路的样子就不一样了，没有正相，对着银幕的方向，跳，想把整个银幕尽收眼底。秋老根一边吹口哨，一边又往回走，像京戏演员打圆场样地来回穿梭地小跑。前进队的孩子不无羡慕地讨好我们："咳，给我带一条长板凳呀。"我说行。大众队的孩子说："咳，帮我留个座呀。"我说好。他们这样央求我是有根据的，看电影，再有凳子坐，那是什么礼遇呀。我们不能用现在的眼光去看那条普通的长板凳的，那长板凳在当时便是雅座，便是规格极高的包厢。可是，实际的情形是，等我们到家的时候，再一看银幕前，那一排排的长凳子早就摆放满了。放映员旁边的凳子是队长的宝座，还有几个队委也顺次排有长凳的。队长要讲话呢。他照例会用话筒给全村人说话，无非是说农忙大家辛苦了，都是些感谢村民的话。话筒说话轻松，比他的铁皮喇叭好使，轻轻一讲就叫电波传出去了，声音也大，整个大队人都听到，这让队长风光得很。这当儿你再看电影场上那一片黑压压的人，别说帮别人留座了，自己站在大人后面根本就看不到银幕，还能去哪里，到银幕后面去。

　　现在想想，我在秋李郢所看到的电影都是在银幕后面看的。

　　乡场边，稻田旁。我们在银幕后看电影是有座的，有田埂。田埂上已坐了好些孩子。有座让我们舒服了许多，不用挤在人缝里伸长脖子踮起脚尖听电影了。还有，银幕后面有发电机，发电机响，散发出的汽油味特别好闻。我们坐在田埂上，张大嘴巴去贪吸那芳香的气味。发电机旁有一盏灯，我们会跑到灯旁站一下，亮个相。灯光照在秧苗上，秧苗像一片绿地毯，灯光照在稻穗上，稻田金光闪闪。眼前的一切我们都觉得新奇无比。虽说发电机响我们不恼，但影响我们听电影，演员说话我们就听不清楚了。银幕后面字幕上的字是反的，反着写的字我们哪里认识。

那天我去照相馆，看摄影师拍照片，看到影像是倒着的。这叫我想到乡村电影来了，想到在银幕后看电影的情形，想到银幕上的所有文字都是反着写的。还有，一片人，一片秧，一片稻。倒影，稻影，乡村的记忆里，这一幕是无论如何也忘不掉的。

十 五

"电影队一到，小公鸡直跳"，"电影队下乡，小公鸡遭殃"，这些都是秋李郢人的顺口溜。包电影是要花钱的，放电影的更要招待好，小公鸡倒霉了，顺口溜里有民意。所以，乡下的电影还是放得少，其原因当然不是村民不爱看，是他们心疼钱，心疼"小公鸡"。

其实，看戏也是不错的选择。

稻季里，除了了秧和开镰等重要时段演戏外，其他时间也是可以演的，只要队长发话。演出成本少，演员都是村民，记二分工便行。

看戏我们可以坐前排了，盘腿大坐，只消在地上垫些稻草。大人哪有坐地上的呢，他们带凳子，也有就站着看戏的。

舞台是乡场，准确地说，就是放电影的那个位置上，搭台用的也是挂银幕的那两根竖起的木棍。其实，那两根竖起的棍子就一直站在那儿。放电影了，在两根棍子间挂块幕布，要是演戏

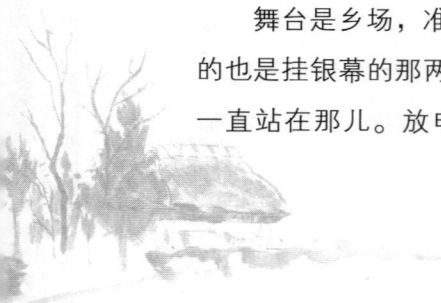

了，就在两根棍子间拉根绳子，绳子上吊两只汽油灯。

看戏不同看电影，外村人不来凑热闹。哪个队都演戏，哪个队都有"毛泽东思想文艺宣传队"。

印象最深的当数李公社的"舞红旗"了。舞红旗是整台戏的开场舞，旗杆很短，跟镰刀柄差不多。红旗在李公社的手下是虎虎生风，生气勃勃。李公社腾空而起的时候，红旗能围着他身子从脚下绕两个圈，然后，他一脚落地，飞快地旋转，红旗平拉开，呼呼作响。整个戏台满满的，全场人便跟着拍巴掌。李公社旋转红旗不停，台下面的巴掌声就不停。跟着起哄的自然还有那锣鼓家伙，队长鼓声不息，秋老二的锣还不"哐、哐"地打呀，敲钹的秋老根便跟着起劲，头歪一边，闭着眼睛，假装陶醉的样子。

锣鼓声停，舞息，全场人好像都累坏了，我们也跟着松弛下来。接下来的节目无非是三句半和汤勺舞了。三句半由四人演出，锣鼓家伙一人一样，说一句敲一下，前三人说过三句之后，最后一人说半句。这半句要诙谐，逗，出彩。汤勺舞就是每人双手分别拿两把汤勺，随着二胡拉出的音乐节奏一边走方步，一边双手击打汤勺，发出声响，一边说唱词。汤勺舞过门时间太长了，说过一句台词之后，要等二胡把那一段音乐拉完，才能说下一句。二胡过门的时候显然是台下人觉得最沉闷的时候。金桂是个急性子，要么是她也想在台上出彩，那天，金桂双手把汤勺猛打，身子也夸张地跟着扭动。那汤勺又不是铁做的，她这猛地一用力，汤勺还不碎呀。两只手里的四把汤勺，经她这么一"夸张"，一下子碎了三把。全场人跟着笑。

中规中矩的演出有什么看头呀，台上能出些岔子才好玩。

那天岔子出大了，都怪秋大。

金桂记性不好，跳勺子舞的时候要提词。这也不为过，那时候唱戏怕冷场，都有提词的。提词人就蹲在第一排，拿着唱词，在台上的演员还没唱或是说下一句的时候，便小声地把词念出来。哪知秋大那天忘记戴老花眼镜，音乐过门早就过了，秋大还双手捧着唱词，伸有一尺多远，细看，还是寻不到下一句词，全场人笑，金桂急了，便用汤勺去敲秋大的头。这一敲，秋大哪里还找得到呢。全场人还不都跟着起哄，有人扯我们垫在屁股下的稻草，扔向秋大。一人扔，众人扔。秋大索性站起，从幕后站到了台前，顶一头稻草呢，捏着唱词在台上鞠起躬来，提前谢幕了。反正也是最后一个节目了，金桂和其他演员也都跟着秋大站到台上，一起向村民鞠躬。笑煞。

戏演砸了，可是，不知怎的，我跟所有的观众都有一样的心理，倒是希望每场戏都能出些岔子的。有时，没有岔子创造岔子也要让岔子出。有一回，有人在金桂头发后面悄悄别了两根稻草。金桂在台上扭呀扭的，那两根稻草像辫子一样也跟着扭呀扭的。那还不笑？还有一回，也是跳汤勺舞，音乐响了好半天了，未听见秋大提词声。再一看秋大，满身掏兜子，写有唱词的纸不见了。等他刚想上台提前谢幕的时候，有人"嗖"地又将那团白纸扔给了他。原来，知道下一个节目是勺子舞了，坐在秋大旁边的秋公社把唱词偷了出来，又迅速后传，全场人都看到的事，音乐响，人们并不看金桂和其他演员，单看秋大猴急的样子。又笑。

演戏出岔子才好玩，这样的心理是不讲道理的。

那什么是道理呢？

想多了我也似乎明白了，岔子如相声里的包袱，包袱不抖不笑。仿佛那阵阵欢声笑语，能让村民在这漫漫稻季里，放松片

刻，透点气儿。

十 六

　　说不上是哪根稻草压倒李老师的。

　　李老师自然姓李，人们都叫她李老师。李老师是南京的下放知青，她过去没到大队学校当代课老师的时候就下放在秋李郢，住在我家。

　　队里没有更多的空房子，李老师刚下放时也不会做饭。队长就把下放在秋李郢的两位女知青分派到户下，李老师就住在我家了。我妈是个裁缝，平日里很少下湖，她给队里人做衣服计工分。队长想，李老师住我家，有个"闲人"在家做饭，她能有口热茶热汤的了。

　　稻季，村上的女同志割稻的多。李老师只是说想去挑稻把。挑稻把是重活，男人所为，李老师却是"拈重怕轻"，不割稻，是何原因呢？队长问我妈，我妈哪里知道。

　　晚上收工回家，我妈到李老师处，其实也就是我家的锅屋。问及原因，我妈只是说了些农活苦，不是你们城里孩子做的事情，还不待我妈问她为什么不下湖割稻呢，李老师已眼泪哗哗，不能自已，竟然一下子倒在了我妈的怀里，哭了起来。这让我妈也跟着伤心起来。我妈越是安慰着说些什么，李老师越是伤心，继而哭出声来，浑身抽搐着，委屈至极。

　　哭过一阵子，李老师也觉得轻松了许多，仿佛积压在心中的苦处都释放了出来。李老师的手上包着纱布，她把手摊放在我妈面前，想去解开包着的纱布。纱布上浸出了血迹，掌心处的纱布拿不下来，粘了手心。李老师想把那纱布扯下来，刚一揭，手便自己缩了回去，表情十分痛苦。疼。显然，李老师的手叫镰刀柄磨破了，血粘在了纱布上，粘在一块了，哪里扯得下来。

我妈倒了些温开水在盆里，然后，又在盆里放了些盐，要李老师把手放在盐水里泡。我妈又表扬了一番李老师的手，说她的手指像葱梗似的白，说她的手腕像藕节一样的嫩。片刻的释放，倚在我妈身上的轻松，手放水里的温暖，李老师双目微闭，若有所思的样子。她想什么呢？我妈就这么攥着李老师的另一只手，又唠叨起李老师离开妈妈要人心疼的话来。我妈的话像是李老师泪水机关似的，一碰，李老师的眼泪又流出来了。

我妈像护士样的为李老师洗创口，然后，换了新纱布为李老师重新包扎，又向队长为李老师请了三天的假。我妈对李老师说："等你的手'立'下来就好了。"李老师听不懂什么叫"立"。我妈解释说手掌心起血泡了，磨破了，不理它；再起血泡，再磨破，再不理它。如此反复。等手上起了层厚茧的时候，就叫"立"住了。这受多茬苦遭多茬罪的"立"法，显然让李老师畏惧得很。李老师有点怕，她的眼神一片迷惘。

我妈比李老师大十一二岁的样子，这是个尴尬的年龄差。难怪李老师有时喊我妈"张姐"，有时也喊我妈"张阿姨"的。我妈姓张。

纱布没有了。我妈做衣服的碎布头她都留着，这些碎布头也都成了李老师包手的敷料。晚上为李老师包手自然都是我妈的事。清创，包扎，哭。哭过又说，说过又喊。那天李老师有意思，莫非她有太多的憋屈了，竟然扑倒在我妈怀里，喊："妈！"我妈是妈。对的嘛。

李老师一定是想自己的妈了。

是不是我妈说的"立"法让李老师的手看不到希望，还是李老师自己对未来失去信心了呢？还是农村这个"广阔天地"让她看不到边而恐惧？李老师选择挑稻把实在是更大的错。有人说，她错了一生。

十 七

李老师救了一双手，却失去了一副肩。

她哪里是救手呢，是她的手实在受不了那刀柄整天的软磨硬蹭，实在受不了每天晚上都是血肉模糊的样子，实在受不了那钻心的疼呀。那双手，让李老师苦不堪言。

一根扁担，一副单绳，是挑稻把人的家什。田头，把绳铺地上，呈"U"字形，码稻。扁担一头挑起"U"底，两端绳头系在扁担头的栓处、绑牢。两头半人高的稻把近二百斤重，李老师哪能挑得起来呢。

李老师的选择只有一条，就是把扁担两头的稻把不断地减少，减少到她认为能挑得动的时候为止。

减少到多少呢？"狗腰粗"。

秋李郢人用狗腰做计量单位特别得很，狗腰哪里粗？要是秋李郢人挑狗腰那么细的两小捆稻是要遭人笑的。李老师挑两小捆狗腰细的稻把没有人笑。人们笑不出来。

李老师的肩嫩，没"开"过，就是没挑过重担子，自然也属于没有"立"下来的范畴。这副肩又让李老师苦不堪言。

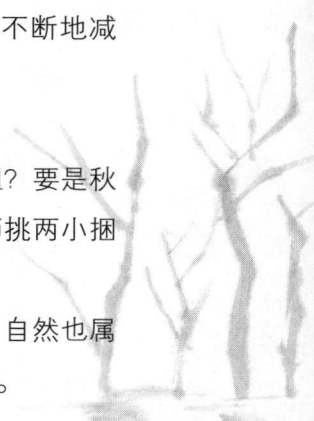

扁担压肩，疼。她只好把褂子脱下来，把扁担包裹多层，垫在肩上。根本不顶用，她依然受不了，便又用双手抱住扁担，以为这样能减轻对肩的压力。压力哪里变了呢？护疼，肩向后缩，腰只好不断地弯曲。双手抱住扁担，不断地弯腰，她想让背分担些重量。李老师狼狈透了。

李大瓜看不过去了。

李大瓜在家排行老大，有劲。农闲的时候他在油坊打油，每天要举起近二百斤重的锤砸在榨桩上数百下。落锤时"哈"的一嗓子连同榨桩下压的动静能让整个秋李郢都跟着颤抖。他有这种超出常人的力气人们便说他"瓜"，有蛮劲。"瓜"也有憨厚耿直的意思，"瓜"是秋李郢那旮旯特有的形容词，有贬义。

李大瓜不说话，赌气似的把那两小捆狗腰细的稻把加在自己的稻把上。他气谁呢？他不知道。他不说话。他只是觉得挑稻把不是女人做的活，更不是一个城市女人做的活；他觉得好像不把那副担子接下来秋李郢的男人是没面子的，是整个秋李郢人的错。他甚至觉得有人在存心欺侮一个弱女子，只是是谁欺侮的，他不知道罢了，这才让李大瓜有了莫名的气恼。

李大瓜每一挑稻把上都比其他人多加了两个"狗腰"。

李大瓜没再让任何时人"欺侮"过李老师。

所有的活都是李大瓜代劳。谁又不同情李老师呢？

李大瓜这种没有任何企图的做好事的举动让李老师心存感激。李大瓜这种不事雕琢的气恼又何止是让李老师心存感激呢？

李老师也为李大瓜做些铺单绳在地上这些力所能及的小事，之后，也为李大瓜做些缝补衣服之类的私事。再之后，一点也不浪漫的爱情故事便开始了，好像故事的开始、发展、高潮和结局都放在一块了。李老师把自己嫁给了李大瓜。

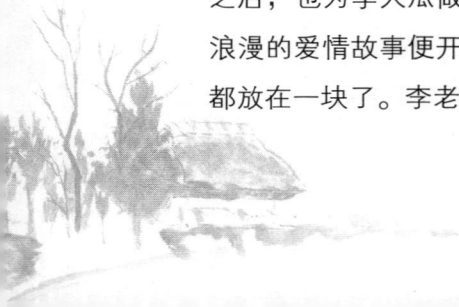

李老师或许还有更好的选择。谁知道呢。

李老师后来到大队学校当了代课老师，李老师就成"李老师"了。

李老师和李大瓜成亲的事是挂在岁月间的另一副"狗腰"。人们想笑，却怎么也笑不出来。

李老师回南京的时候也把李大瓜带了去，李老师在一所学校依旧当老师。据说，李大瓜也在那所学校里当校工，专门给学校做修理桌椅门窗的木匠活。

也有人说，李老师救了一副肩，却失去了自己的一生。

十 八

向"贫下中农"学习，看稻也是重要的内容，更重要的是，看稻之后，蔡老师还要我们写一篇作文。

到哪里看稻，校长是要和"贫下中农代表"商量的。这事多半由"贫下中农代表"说了算。看稻要选水稻长势好的地，他对每块地都了解。"贫下中农代表"进驻学校又不是吃干饭的，总不能老是去讲忆苦思甜的故事。

"贫下中农代表"是一些根红苗正、苦大仇深的农民。他们进驻学校，都是大队按上面要求指派的。他们不识字，自然不教书。平日少有来，实际作用不大，所有的象征意义都打上了那个时代的烙印。

看稻是我说的，那时叫"参观"。参观之事常有，有参观积肥的，有参观样板田的，有参观栽秧的，有参观田埂修得光的，还有参观如何在泥墙上粉出石灰板块、然后在板块上写字的。

稻熟，长相好，一派丰收景象，全村人喜，有人参观，分享劳动的喜悦，此乃正事。

蔡老师是我三年级时候的语文老师，也是教我写作文的启蒙老师。说实话，当年我是很崇拜蔡老师的。也是，哪有孩子不崇拜老师的呢。随着时间的推移，我对他的崇拜也打了折扣。蔡老师教我们熟读词语有意思，读"播"这个生字，要连成词带拼音读，读"b-o-bo，'广播'的'播'"才是。他是这样读的"bo-bo-bo-广-"，直到我小学毕业，才知蔡老师不会拼音。

看稻写作文时，蔡老师也是要进行一番辅导的。"喜看稻菽千重浪"，蔡老师要我们把"喜"字写出来，写出高兴的心情。说着说着就要我们写割稻了，想象我们也去割稻。有人说，我们没去割稻呀。蔡老师说："你们以前没割过稻吗？你们家里人没割过稻吗？"我们不言语了。

"割稻累了怎么办？"蔡老师在启发我们。

这回，所有的同学都明白了，举起了手，争着要回答蔡老师的问题。秋公社幸运死了，蔡老师点的是他的名字。

"时代在前进，社会在发展，祖国形势一片大好。我们割稻割累了，想偷懒，这时，我耳边想起了'下定决心，……'。我浑身增添了力量，终于不怕累了！"

秋公社像背课文一样的回答得到了蔡老师的肯定。哪知，同学们不乐意了，他们并不觉得秋公社回答的好，因为，他们在心里早就这样背诵好了。

关于劳动，我们是从"大扫除"写起的。每学期开学的第一篇作文准是"大扫除"。写着写着就"遇到困难了"，"遇到困难怎么办"，我们便想到"下定决心"了。蔡老师启发我们，今后

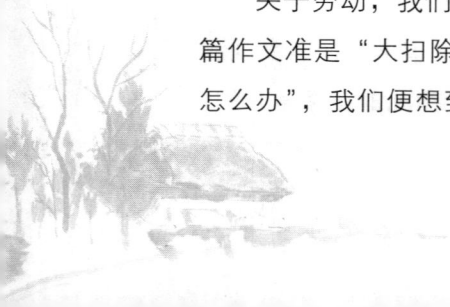

关于写劳动的作文都可以这么写的。

"起承转合"，蔡老师似乎把文章的结构都安排好了。

那天，我自恃聪明，总觉得老是这样写也没新意，想写出点花样。记得那篇文章题目叫《骄傲的水稻》，开头也是写"时代在发展"的，后面我便写了稻子的金黄，写了稻子在没有成熟的时候是如何把头昂得高高的，一副骄傲的神情；等到稻子成熟的时候，稻子开始"思考"了，这里写水稻醒悟了，感到骄傲不好，稻子便低下了头，成了谦逊的水稻。稻子取得了成功，稻子丰收了。

没想到，我那篇没有按"起承转合"模式写的作文，也得到了蔡老师的表扬。那是我写的第一篇励志的文章。

十 九

"刘大爷，我抽根绳呀？"

"拿去，伢子！"

秋李郢所有的人进门了都大声喊他"刘大爷"，秋老根这么喊，秋老根的爸也这么喊。刘大爷也这么回。谁都是"伢子"，好像全村人都是他晚辈，都是他孩子似的。

刘大爷没有孩子。刘大爷老两口是五保户。

五保户是指《农村五保供养工作条例》中的五保供养对象，主要包括村民中符合条件的老年人、残疾人和未成年人。五保对象指农村中无劳动能力、无生活来源又无法定赡养、抚养、扶养义务人，或者虽有法定赡养、抚养、扶养义务人，但无赡养、抚养、扶养能力。"五保"指保吃、保穿、保住、保医、保葬。

我们这么大声喊他是有原因的。刘大爷眼不好使，我记事的时候刘大爷的眼已看不见人了，成了瞎子。但是他耳朵灵，依着声音，便能报出"伢子"的名姓。所以，人们进门的时候，都要大声地跟刘大爷打个招呼，等于跟刘大爷照个面了，让刘大爷知道是谁来他家拿了绳的。拿绳人走后，刘大爷还会跟着说句话："是'金桂家的'吧？"或"是李老二家的小二子吧？"刘大爷一乐。天天有人来拿绳，刘大爷几乎天天合不上嘴。

刘大爷、刘大妈都已年近八十，原本可以不做事的，可是他俩手不闲，专做一事：搓稻草绳。

绳是乡村重要的农具和生活用品。牵牛的牛绳要用，拉犁拉耙的牛耕绳要用，拉碌碡要用，挑稻把要用，扎草捆要用，用的多呢。家里系水桶要用，做挑笆斗的网兜要用，扁担挑稻把要用，用的也多。

稻草绳有短处，新绳好，湿水之后，易烂，易断，用时要常换常新。所以，稻草绳消耗的就特别大。与麻绳比，稻草绳不结实。

麻绳用苘麻搓的。苘麻要占地种，苘麻收割之后还要埋进水里泥底下沤。数日，将麻取出，麻秆上结满被沤腐的表皮，我们叫它"麻屎"。麻屎脏得很，瘆人。剥下苘麻秆外的纤维晒干，便是极好的搓绳材料。不过，"苘麻臭"奇臭难闻，剥麻后，手留余臭，数日不散。

稻草有香，且用途广泛，用稻草搓绳也算是化废为宝。刘大爷、刘大妈选择专事搓稻草绳实在是给秋李郢人送"宝"来了。

刘大爷家住的是公房。房里面堆的最多的自然是稻草。稻草都是村民们从乡场上选的。草要长，色泽要金黄，匀称。刘大妈

负责捶草。取一把稻草，手持一木棰，将稻草放石桌上反复地捶打，等草细软如麻，便放到长凳上，交给刘大爷搓绳了。

刘大爷坐在长凳上，手一伸，恰巧能拿到捶打过的稻草。他把草绳压在屁股底下，搓一段了，伸出右手，屁股稍稍抬起，从后面抽一下绳，再搓，约莫搓有三五十公分了，再抽绳。如是反复。搓绳也要用力，两股绳才密实。刘大爷手掌干燥，为增加摩擦力，刘大爷每过一段时间，就向两掌心吐唾沫。每过一段时间，刘大爷便将手伸向长凳的另一头，去拿放在上面的瓷缸喝水。刘大妈在长凳另一头放了只瓷缸。刘大爷一天要喝两瓶水。

牛绳不长，三米左右即可，所以，每至三米处，刘大爷就要收口了，打个结，再搓下一根。当然，牛绳也可以用作系水桶或是捆草绳。搓挑稻把的单绳要长些，五米左右，且要搓成三股绳。三股绳就是在搓好两股绳后，再在绳缝里加搓一股。搓三股绳费力得很。

牛耙绳是用作拉犁拉耙的，负重大，三股绳也不顶用。做牛耕绳费事得多。将搓好的两股绳一头绑在门外的树上，一头用一个摇绳器摇。摇绳器木制，有柄，系住绳，不断地摇、不断地拧紧系在摇绳器上的绳，然后，将拧巴后的两根两股绳绞在一块，就成为四股绳了。有时，牛耕绳也用六股绳或是八股绳的。刘大爷家的绳堆了一屋。每次人们路过刘大爷家门口，多半都要停下来，进屋抽一根两股绳，跟刘大爷打声招呼。

"刘大爷，我抽根绳呀？"

"拿去，伢子！"

一问一答，自然亲切，就跟在家时跟家里人说话一样。秋李郢笼罩在和谐快乐的氛围里。

二 十

"谁知盘中餐，粒粒皆辛苦。"

起先，这话是我父亲说的，说多了我妈也明白此话的意思了。她知道这句话派何用场后，也跟着说。

吃饭完毕的时候，我妈会盯着我的碗看。她是在看我碗里的米饭吃的是否干净，不落一粒米才好。在我妈的监督下，我小手忙得挺欢的，用筷子不停地向嘴里划拉米粒，最后粘在碗沿上较顽固的几粒米我会动用舌头去舔或用手去拈。在我吃完饭的时候，我还会故意把碗底亮给我妈看，意即：吃干净了，一粒米不落吧！

要是有半碗米饭甚至几碗米饭要倒掉，那我妈无论如何是不会答应的：作孽呀！

馊饭是常有的事。夏天天热，馊饭常有。

常有常吃。方法很简单，将馊饭用清水淘两遍，煮沸。或者，用盐放锅里炒了吃。要是馊味过大，我妈便会在锅里放油炒，出锅的时候，再在饭里撒上蒜花。在香味的掩饰下，馊味已无。

吃馊饭总归不好。防馊才重要。

锅屋温度高，饭易馊，我妈会把米饭盛在淘米篮里，上面盖一块笼布或是一张干荷叶，然后，将淘米篮挂在屋外面晒衣服的铁丝上。这方法好。淘米篮通风透气。笼布是蒸馒头时垫馒头的棉纱布。淘米篮比普通的篮子小，篾丝细，编织也密实。

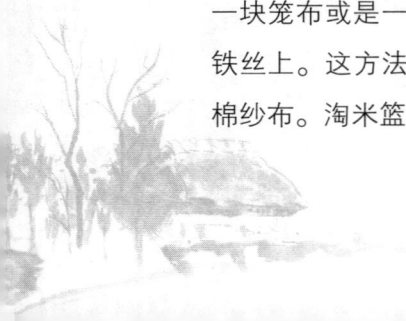

室外温度比锅屋低，将剩饭挂在室外也是不错的选择。有长处就有短处，凡事皆如此。剩饭挂在室外也有风险，外面有猫，还有，要是风大会把米篮刮翻，下雨的时候，米饭也会遭雨淋的。

这又是一个问题。

我妈是从井水冬暖夏凉里受到启发的。

那会，每家门前都有个小土井。井口不大，井口狗腰大小，深五六米的样子。一般人会在井口用砖头砌个石沿，加个铁皮盖子。细心的人家，还会在盖上加把锁，以防小孩向井口张望，影响安全。打水时用一只特制的小铁皮桶。井口小，小的铁皮桶在井下水面也是不好翻身的。箍桶人便在桶底做个阀门，剪个洞，用橡皮将洞覆上。打水的时候，将桶放进井里，借着桶自身的压力，阀门打开；水满，拎水由于水的重量，又将阀门压实，不漏水。淘米、洗菜等吃用，小土井水给居家生活带来了便利。想不到的是，小土井也成了我们家的地下"冰箱"。

比着井口的大小，我妈央求篾匠编了只小米篮。晚上，有剩饭了，我妈便将剩饭盛到小米篮里。米篮系根细绳，绳的另一端系在一根细木棒上，木棒横在井沿上，盖上井盖，米篮便吊在井里了。井里有凉气，温度低。第二天一早，再将竹篮拎出井外的时候，我妈还是会去闻闻那米饭的，米饭哪里会馊。

我在米篮里吊过香瓜，做"冰镇香瓜"吃。我还在米篮里吊过加了糖的凉开水。夏天，天热，暑气大。中午时分，我将放在米篮里的茶缸取出，将"冰镇甜水"倒在小碗里，故意"咂吧"出声响，一小口一小口享用它。自然，我也会想着给我妹妹倒一杯，也会给我妈倒一杯。要是"冰镇甜水"多的话，我还会想着我下地做活的小叔，给他也留一杯的。有时，我妈也会拿我的茶缸一用，把吃剩的绿豆稀饭或是玉米粥盛到茶缸里，然后再放在"冰箱"里。

"谁知盘中餐，粒粒皆辛苦"，我们家的那台地下"冰箱"也像是听明白了似的，值得表扬。

第二辑·稻 路

二十一

　　电影《红高粱》中，有人说那组"颠轿"镜头经典，有人说色彩难忘。我的感受跟别人不一样。我喜欢电影里反复出现的盛"女儿红"的大缸！一摞一摞的，上面还捆有稻草绳呢。电影镜头穿帮倒不见得，我猜是张艺谋他们拍电影时从店里整批买的。那么多缸！

　　下秧那会要是有这么多缸就好了。下秧就是给水稻育种。

　　春打六九头，负责育种的秋老五就开始盘算这缸的事了。队里除了有几口大缸之外再没有更多的缸。借。那年月什么都能借。借缸也算是正事。这便让秋老五理直气壮了许多。他所考虑的是去年借的是哪几家的缸，今年得另借他家才好；还有，这家人离乡场不能太远，搬运方便。缸也算是家什，不能砸了。秋老五还真没失过手。

　　可秋老五也有出错的时候。育种结束，有一次，秋老五在还缸的时候把秋老根家的缸还给了秋老二家。秋老根家只是个"缸腿"，小缸，自是不说，没吱声；秋老二媳妇不让了，吵，说我家的缸能盛两担水呢！害得秋老五又一家家寻缸去，换了缸之后又上门给秋老二家赔了不是。

还错缸之事倒让秋老五长了记性。之后秋老五借缸便多了个心眼，央求缸主人作"记"号，在缸上用毛笔写上字。麻烦事还是有，写记号的墨汁遇着雨便被淋了看不清。在秋李郢，秋和李是大姓，所作记号大多是"秋记"或是"李记"，秋老五有时也颇难分辨。估计是育种时间不长，要么是秋老五多长了个记性，总之这之后再没发生有人跟秋老五"吵缸"的事了。

那年有人挖地挖出了一只十分特别的大缸。这让秋老五高兴了一阵子，救了急，帮了忙，"要吃甲鱼河里爬出个鳖"来。这缸黄釉，三层，有两层倒扣的帽。秋老五大大（父亲）识得，说这是只和尚坐化的缸。村上人哪明白了什么叫"坐化"，后来知道了，这缸原来是和尚的"棺材"。打那以后，秋老五和村民们便再不敢在缸里烧热水洗澡了。那年月乡下没有浴室，冬天的时候有人烧水在缸里洗澡，"和尚缸"有盖，聚气。这倒好，这缸便专事育种，便是秋后，也没有人借它回去腌咸菜或是腌萝卜干了。不过，一直过了好些年，这缸都让我们心里起紧，特别是遇着夜晚从乡场上经过，生怯，仿佛有一大群孩子攮着喊："老和尚来啦！"

大缸小缸排成排，真有排场。队里原有的两只大缸排前面，"和尚缸"排后面，后面跟着的便是秋老五从村民家借来的缸了。自水稻始，这一年的农事，仿佛都搁这缸里酿着。

电影里女儿红阵阵酒香经久不散，一如乡村二月浸种弥漫开来的水稻的味道。这最初的泛着淡淡红晕的水稻润泽在春天的羊水里。水稻先是吐出一粒小米牙，抑或是伸出白白嫩嫩的小手，叽叽喳喳的一定是想说什么，要不缸壁上怎么会有那么多的小气泡呢。说吧，说吧，说吧！积聚多了，水面有一层小气泡。

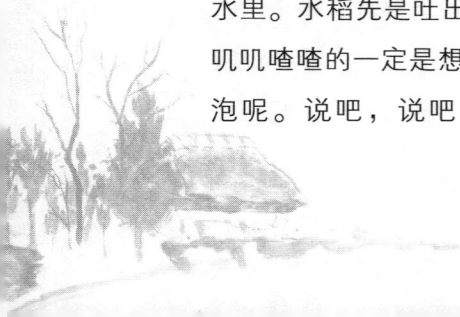

"叭、叭、叭"，一层小气泡灭了，不多时，又一层小气泡浮起。水稻们一边发芽一边嘀嘀咕咕的。说什么呢？谁也听不明白。

"春芽子呢？"

"捂着呢。"

"春芽子好吗？"

"胖着呢。"

这春芽子就是稻种，就是发了芽的稻种。秋李郢人真不乏想象和浪漫。

秋老五对答顺溜得很，跟刻录好似的。只是你搞不明白，路过乡场上的人怎么都这样跟秋老五打招呼。出芽前这缸上的盖子不是谁让掀就掀的，动不得。秋老五那些日是小心伺候，给缸里加水，给缸里换水，夜里给缸盖草帘子。这当儿的水稻娇惯得像是月子里的女人。

不出十天，一掀盖子，便看见一大缸白生生的春芽子，那些白嫩嫩的小手齐刷刷地伸向你！

春芽子在缸里一定是急坏了。春芽子哪里知道，外面有一个硕大的春天。

二十二

春芽子一落地，春天便渐次泛青了。

这"地"便是"秧母"。

高天厚土。土地宽厚博大，她世世代代让人们在这里生息劳作。土地是人们赖以生存的所在，土地是人类的母亲。只是让我

没想到的是，这种情怀让秋李郢人表达得这样直截明白，而且一点也不矫情。下秧的地，秋李郢人就叫"秧母"。亲切自然，跟村上秋老根们叫"大大""姆妈"一样。

秋李郢人敬重秧母，精心地伺候秧母。

操田如放债。选定做秧母的地冬天是要闲着的，供在那儿，不点蚕豆，不播豌豆，也不撒麦。总之是不种庄稼，留着操田便是。操田就是耕田，一般要耕两到三遍。冬天里所耕的田怕只有秧母了。耕过之后的田让它晒着，让它好生休息。"放债"是有利息的。春风地气通，这操过田的秧母的"利息"自然就是地熟土肥，来年收成好，对人们的回报高。

这等好地自然留着来年春天下秧做秧母了。

"牯子！双芽子开花花对花哟……牯子！"

"牯子！小哥哥想对你说话哟……牯子！"

似在梦里，末歌响，还不到五更呢。我听出是秋老五们操田时唱的。"牯子牯子"的我听清楚了。那天我问我妈："小哥哥想说什么话呀？"我妈抄起扫把佯装打我："小孩子问什么问！"

我不死心，便去问"原创者"秋老五。我自然没喊他秋老五，哪有这么不懂事的孩子。见着面了，我们都叫秋老五"五爷"。

"五爷，小哥哥……""呵呵"秋老五跟我打起了哈哈，他那狡黠的笑意背后一定隐藏着什么。是什么呢？姑且信之，五爷说是唱给牯子听的。也在理，末歌说不定就是唱给牛听的。要不怎么叫末歌的呢。也不对呀，对牛谈情，牛听得懂么。一时我云里雾里的。

问题是我问他："小哥哥想说什么话的呀？"

"五爷，小哥哥……"我仍不死心。

"是唱给秧母听的。"

五爷又哄我。我又以为五爷说的是真的。霜晨，东方既白，四野无人，坦露心声，想说什么就说呗，想唱就唱嘛。秧母不说话，秧母在听。

直至好些年之后，那年我回老家探亲，去看望五爷。五爷蹲在墙根晒太阳。我大声地问五爷好。五爷"哈哈"。我又提及五爷唱的禾歌响，秋李郢一个村子人都听得着呢。"五爷，小哥哥……"我几乎是贴着五爷的耳朵又问他"小哥哥"的事了。

"哈哈。"这回，五爷只能跟我打哈哈了。五爷老了。

耕过几茬，耙过几茬，墒平如镜，看过去白亮亮的一片。放上水，水不盈寸，没过春芽子才好。秧母便着床待产了。依着地，秧母躺在地上；映着天，秧母躺在天上。地躺在秧母下，天也躺在秧母下，出缸的春芽子也躺在秧母下。

从大缸里捞出的春芽子起先是放箩里的，挑着先是放在秧母田埂边。秋老五是撒种的好手。他撒种匀称，轻柔，且疏密有度。放在秧母边的春芽子先撮一些放在笆斗里或是竹篮里。笆斗或是竹篮挟在左膀间，右手抓种，播撒开去，划出的一道道的弧线很好看。这让秋老五很骄傲，俨如秋李郢种田专家级的人物，没有人小瞧他。

秋老五在秧母里撒种。一粒粒春芽子把水砸出一个个小坑，一粒粒春芽子都伏在秧母上面，像刚出生的婴儿一样，把小嘴靠向秧母，贪吮乳汁。

总有一些春芽子贪恋春光。它们在田埂的箩里急着要看个新奇，好像坐在车窗边上的人一定要隔窗去看车外的风景一样。这看风景的春芽子自然便是靠箩边上的，它们甚或将小手伸出篾外，以至忘了回家，落进秧母。秋老五不愧是专家，撒种结束，他会把箩倒扣过来，然后在箩上猛拍几掌，这一拍，那扒在篾间的春芽子一受惊吓，还不一粒粒地落到秧母里了。

春芽子一落地，一落进秧母，秋李郢的农事也便紧了。

二十三

庄稼一枝花，全靠肥当家。肥说了算，说庄稼像花它就像花，说庄稼像草那它就是草。

"秧秧"大季，春芽子一出水，水稻便脱胎换骨羽化成秧苗了。它一天天长大，一天天长高，天天要吃，用肥多，没有其他庄稼的饭量比水稻更大，用肥更多的了。

积肥便是了。

好在秋李郢人都是认真种庄稼的人。他们早有打算。好比秋老五在他家米丫出生的时候，便想在自家屋前屋后种香椿树了，算好了二十年之后树粗过碗口，便可放了为米丫做木箱、梳妆台等嫁妆了。一入冬，差不多农闲始，秋李郢人便忙着积肥了。

霜晨，天麻麻亮，便有黑点在路边或是乡场上晃动。是拾粪的。拾粪是积肥。拾粪的戴的帽子便有趣得很。"狗套头"帽子只露两眼，像现在电影里打劫者戴的帽子一样，只是那会秋李郢人没见过打劫者，才不觉得吓人。也有戴"三块瓦"的，就像现代京剧《智取威虎山》杨子荣"穿林海"时戴的那种帽子。系在下巴底下的帽带常断，"两块瓦"在腮边一翘一翘的，有点像"皇军"，不好看，常惹人讥笑；有时，额头上方的那块厚布毛绒

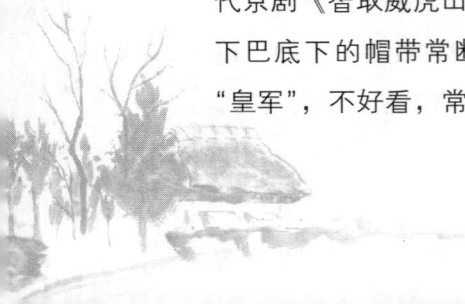

或是人造毛皮做的第三块"瓦"也跟着耷拉下来，像赵本山演小品时戴的那种，这帽子年事已高，纵使这样，秋李郢人也舍不得将它扔掉。

地上场边有猪牛羊的粪便，那是上好的肥料。秋李郢人家家都有个粪箕，有个粪勺。秋李郢人个个都拾过粪。拾粪要早起，抢得先机，迟了叫人拾过了地上哪还有粪。看见路影便行，有时起得过早，天不甚亮，低头细瞧，眼吃力得很，天亮一回家将粪倒进池中才发现，自己拾了好些砖块泥垡，懊恼倒没有，只是记得要将它们从粪池中一一捡出才是。懊恼的倒是，时至今日，我都有低头走路的习惯，怕是那时早起低头拾粪落下的"病根"。

拾来的粪堆在粪池里，叫"家杂肥"。来年春日水稻下秧时小队是要来人"收方"的。收方时只消各家把发酵过的粪堆好，做成长方形或梯形状，由记工员量"粪方"体积，由小队组织的"积肥专家组成员"定粪的品质，按质论价，开工分。好比工厂生产出来的产品定一等品、二等品之类，"等外品"的粪就不好了，当然，定的工分也低。秋老五是专家组成员之一，他一掌眼，便能随口报出一立方的粪给你开几分工的了，有权威性。队里"收方"开工分的事多由秋老五定夺。秋老根耍过小聪明，给粪量方前在粪里掺了好些土，粪盖在外层。哪知队里挑粪时第一家就去挑秋老根家的粪，露了马脚，扣了工分不说，害得秋老根在秋李郢好些年抬不起头。

家杂肥多是为秧母田准备的，操田时队上便安排劳力挨家将收过方的粪挑到秧母里了。

"绿肥"是水稻的"专供"，地道的绿色"食品"。水稻也真有福。

也有将"绿肥"叫"秧草"的。

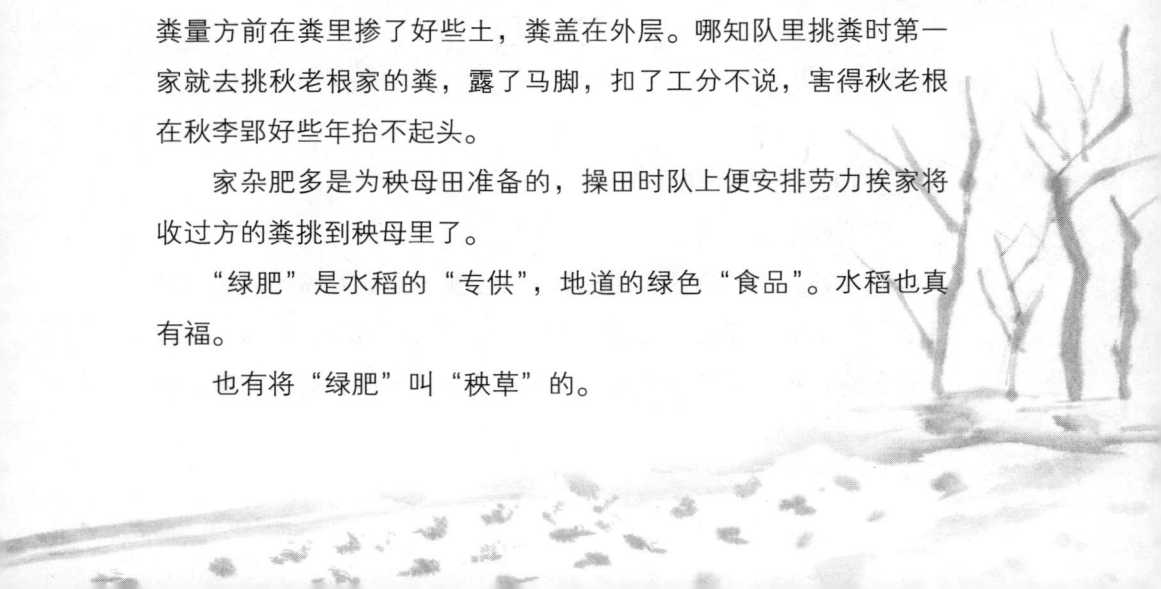

春深，天渐热，出秧母刚栽的秧苗日夜长。肥要顶上。一地绿，便是一地肥，黄蒿、狼尾巴蒿、苦味苔正嫩，队里便安排人打秧草了。

地边、田埂上秧草少，也少有人打，那是留给牛的。秋李郢人一般都到五六里之外的大尖山上去打秧草。那儿秧草多。

一大早妇女便上山打秧草了。她们将割下的露水草摊放在地上。傍晚的时候，听到"哎哟、哎哟"号子响的时候，便知道队里的男人们挑秧草回来了。

挑秧草的男人一字排开，像雁。号子铿锵有力，仿佛每一声落下来都能在地上砸出个坑。割草的女人只消拿把镰刀，或是将外套搭在膀弯处，一路嬉笑说话跟着便是了，不离不弃，这让男人们的号子更加起劲，他们伸长脖子吼，个个响，整个乡村，都跟着精神了起来。晚霞映照的天空，弥漫着淡淡的青草味，秧草味，男人味，女人味，经久不散。

我哪里知道，这留着积肥的秧草，不只能让水稻变得青枝绿叶，也能让队里的男人和女人精神焕发。

二十四

"四爪插泥里，容易吗。"

这同样是说栽秧苦的。

秋李郢人喜欢拿这句话说事。往小里说是说栽秧的，往大里说就多了。地里活多、活累，男人归，再遇老婆数落，此句出，有诉苦意；孩子不好好念书，教育孩子，此句出，有励志意；种

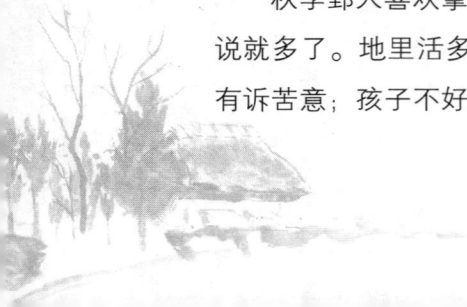

田不比当干部，乡下人不比城里人，此句出，有轻视意。

春始，夏至，整日泡在水里，手脚惨白，不见血色。最让人受不了的是中指和食指了。插秧是这两个手指夹秧入泥的，劳苦功高自不必说，他们还挺讲究，对自己要求严，动作有规范。我那会上课有一门课叫农基，是农业基础知识，里面有写插秧的，还有食指和中指插秧的图画，大意是说这两个手指在插秧时是如何入泥的。比如要斜插，不能让大拇指等其他手指"帮忙"插"拳头"秧之类。

最先受不了的是指甲。一个春天或是一个冬天留的指甲是不剪的。一个秧季下来，指甲都叫泥磨秃了，好些指甲是在中途叫磨裂了的。指甲好比是盔甲，指甲破，便苦了指尖皮肉了，十指连心。唇亡齿寒，痛。我看过米丫的中指，圆润透明，仿佛只着一层薄翼，一碰，钻心的疼。有人买过一种胶皮的套子戴在指尖，护疼，只是分秧插秧一点也不利索。脱掉也好，最后是少有人戴，也省去被说"娇气"之类的闲话。

还有腿。

腿是多灾多难的了。秧季里最爱凑热闹的便是蚂蟥了，讨厌至极。人家正专心插秧呢，也不知它从哪里扭着身子不知不觉地便叮在你腿上了，等你知道渐渐疼了的时候，才发现它趴在你腿上热吻呢，专心致志。我一开始不懂，便用手去拽，哪知蚂蟥弹性极好，纵使你拉它近尺长，它呢，依旧不松口。有时一看腿周围有三四条蚂蟥。米丫眼疾手快，对着蚂蟥恶狠狠"叭"的就是一掌，蚂蟥便瘫软下来，蜷成一小团掉在地上或是水里。创口自然流出血来。

"双脚插秧泥——死怄。"秋李郢人这句歇后语原本是说人做事磨蹭，也有利用谐音说怄气之类，没正说双腿插秧泥的"沤"

事。"秧秧"大季，几个月下来，腿插在水里，时间长，秋李郢人会往"死"里整。好比讲话时间长，便说"死讲"，睡觉时间长，自然叫"死睡"了。腿"死沤"之后会是什么样呢？是黑亮。

"我常把这块"黑亮"之地当作黑板，在上面写字，在自己腿上做起了"文章"。腿叫太阳一晒，不只黑亮，还泛黄，有一层水锈。我找来一根草棒在腿上写字，黑底白痕，那字醒目的很。哪里是什么"文章"，是一腿"米"！

栽秧苦，栽秧苦，有一种"失落"比栽秧还苦，别人不知，怕是连我自己也搞不明白的事了。

二十五

说《诗经》秋李郢人不知道。你要是跟他们讲，"《诗经》是我国第一部诗歌总集……"你讲就是了，你讲你的，大不了人家挤挤眼，或是笑笑，好像不关他的事。其实，这已经给你面子了。你要是不识相，再啰嗦，跟着往下讲，什么"风雅颂"，或是再来两句"有位佳人"，会酸倒一大片人的，要是遇到秋老五直性子，没准会冲你吼一句："斯文鸟理的。"哈！秋老五不识字。

前些日看一家报纸的副刊，我的一个较熟的文友写了一篇文章，提及"秧歌是秧田里的《诗经》"的话。我是借题发挥，写秧歌罢了。哈，莫不是"斯文鸟理"的。

秧歌呀，张口就来。秋李郢人个个都能唱两句。套一句旧

话，凡有秧田处皆有秧歌。秋李郢每亩田都种过水稻，秋李郢人是住在秧田里的。

栽秧苦。秋李郢人说"三样苦"就有栽秧。"农家三样苦：栽秧，垒墙，磨豆腐。"

垒墙是见得着的，将和熟的泥一叉叉地送上墙头，像燕子泥窝似的，"与人不睦，劝人盖屋"，盖房自然劳神，哪能不苦。磨豆腐我还真没见过，据说磨豆腐人都是半夜起，要泡豆、磨浆、点卤。说栽秧苦，那倒也是。

面朝黄土背朝天，栽秧是面朝水田背朝天。背在天上，一天下来，天就像是压在背上一样，是把天背在背上。沉呀。说腰酸背痛都有点轻描淡写。左手分秧，右手栽秧，刀起面落，跟山西大师傅削刀削面一样，手起秧出，拿苗栽秧，快得水连成了线。

始终保持这横"7"字状的姿势插在秧田里我哪里受得了。我是要"拄拐"的了。"拄拐"就是将左手弯搁在左膝盖上栽秧，让膀弯分点力，舒服些。这样栽秧姿势一定难看。"拄拐"影响速度，也惹人讥笑。讥笑倒是不怕，男人嘛，栽秧不是强项，何况只是个孩子，问题是"拄拐"时间长了会"掉秧趟"里的。

米丫说我是"老先进"。

她在笑我。栽秧一人一垅，大约六七行，倒着走，是以退为进。"先进"自然就是落后。秋李郢人不说落后，叫"掉秧趟"。米丫救我。她挨在我旁边，"救"就是帮我多栽几行，有时，我只要栽两三行就行，速度自然快，很快便能和米丫齐头并进了。

这让我轻松了起来。远处秧歌响："咯咚代咯咚代，我代里

咯咚代，我代里咯咚代。"

我来了精神，也跟着唱："咯咚代咯咚代，我代里咯咚代，我代里咯咚代。"

一田响："咯咚代咯咚代，我代里咯咚代，我代里咯咚代。"

就这调。没词。有时年岁大的或是年岁相仿的撂一块也唱词，自己填，想什么唱什么。也有唱荤段子的，像《十八摸》那种，多唱"文明歌"，"妹"呀"哥"呀词频多，有点"妹妹坐船头"的意思。

米丫没唱。她挺会唱秧歌的呀。她看我得意了，便故意留出五六行给我，有时是七八行，出我丑。看你得意！我便不言语了，埋头栽秧便是。一时秧歌蔫了，米丫看我又"掉秧趟"里，她自然开始"救"我了。

如是反复。

这一行一行的秧，有时就像是一根根绿色的橡皮筋，远和近，米丫把控。我就在橡皮筋的一头，另一头让米丫捏着，她一松手，我便"掉秧趟"里了；她手一紧，我便到她的身边了。

米丫不唱秧歌。她要跟我说话。

"你唱呀。"

"咯咚代咯咚代，我代里咯咚代，我代里咯咚代。"

奇怪，不大工夫，我又"掉秧趟"里了。

也只是不大的工夫，她手一紧，我还不回。米丫也真是的。

几十年过去了，秧歌还在响。"咯咚代咯咚代，我代里咯咚代，我代里咯咚代。"几十年过去了，我还记住米丫的问话"你唱呀"。

唱什么呢？

米丫一定记得。

唱什么？秧歌对于情窦初开的男女，该是一部什么样的《诗经》呢？

二十六

"油着——油着！"

金桂在这时喊"油着"是不靠谱的。"油着"是"治客"喊的，是席间语。她把"油着"用错了地方。她是故意而为之。

在秋李郢，红白喜事都有一个"治客"的，负责安排席间座次等事宜。出礼人多，村民家地方有限，连屋外搭篷算起，也不过能摆三四堂席的，只好摆流水席，晌午始，至夜间不息。"三四堂"就是三四桌的意思。谁坐头幕席谁坐二幕席治客的说了算。治客也帮着端菜，兼服务员的角色。上大菜的时候，治客的会顺喊"油着"的。这话是在提醒食客注意避让，不要让碗碰到衣服上，溅了一身油，也是在提醒大家，大菜上来了，肉上来了。治客的一喊，气氛出。

金桂是"脚大脸小不害羞"。她拿得出，说话声又大，这脾性做治客最好。真的有好些人家请金桂做治客的。金桂是我所知的秋李郢第一个女治客，能和李老二相提并论，算得上秋李郢的资深治客。

这会金桂不是治客。金桂在挑粪水呢。

一路"油着——油着"地喊，她把"油着"当号子了吧，抑或是喊顺嘴了，脱口而出。她是在提醒谁呢？她上的是哪门子大菜？

　　或许金桂也有道理。粪水多脏呀，溅到衣服上自然恶心，喊"油着"也是在提醒人避让的。粪水却是水稻的营养品，是水稻的大菜。这会水稻正缺肥呢。

　　水稻有两个时期是要猛上肥的，一个是分蘗期，即插秧两周之后，一个是插秧后七至八周那会，肥跟不上会影响颖花退化，不利于水稻高产。绿肥是慢性子，家杂肥做底肥好，立竿见影的是粪水。水稻田正需要肥呢，村上男女都挑粪水，只是金桂觉着跟女人在一块挑粪水有点发闷，竟一路"油着"喊出声来。

　　秋李郢人家家都有个粪池，里面蓄有人粪尿和猪的粪便什么的。我们叫它粪水。粪水是好肥料，种菜需要，也是水稻的最爱。挑粪水用的是粪桶，浇粪水有粪勺。桶不离勺，不用时清洗过的粪桶和粪勺都是搁一块的，多半粪勺就插在粪桶里。

　　有劲的男人会把粪水泼到田中间的，女人的臂力不够，浇粪水只是浇在田边。不出两天，水稻颜色起了变化，由黄变绿，但这绿色的深浅程度是不一样的，像"花斑秃子"。粪水肥力有限。后来公社通知小队，说可以到县里买氨水回来的。氨水肥力猛。每到水稻分蘗期，队上就会差人到县里买氨水回来。装氨水的是个能装满手扶拖拉机机箱的黑色橡胶水袋。一车氨水差不多有一吨多重。虽说氨水比粪水干净了许多，但是氨水的气味特别难闻，刺鼻，让人睁不开眼。用氨水也只有两三年的时间，之后便有化肥了。有化肥的时候队里就没有人挑粪水了，自然也就听不到金桂喊"油着"的声音了。之后，各种品牌的氮肥、磷肥、钾肥充斥了小山村，水稻施什么肥城里人说了算。水稻让城里人管得有模有样，仿佛水稻离秋李郢人也越来越远。这让金桂他们有点闷闷不乐。好些年后，直到我离开秋李郢，金桂也只是在有人请她做治客的时候，才会这么高声地喊上几嗓子：

"油着——油着——!"

二十七

水稻"水"字当头。没水还种什么水稻，种旱粮得了。

玉米、黄豆之类是旱粮。旱粮产量较低，豆类作物不能"当饭吃"，交公粮粮站不收，所以上级不主张种旱粮。就是过去种旱粮的地，公社也号召种水稻，实行"旱改水"。

水稻面积扩大了，水就不够用了，为水，却也生出不少的事来。

过去看过电影有祈雨的镜头：一村人下跪，眼望苍天，或是磕头作揖，祈求老天下雨。地里缺水呀。

铜盆响。锣响。钹响。祈求声一片。

依旧阳光灼热，依旧万里无云。

求天不如求己。秋李郢人自己挖塘蓄水。南塘，东塘，西塘，还有墩塘。塘里放上鱼，栽上藕。塘一头有一个涵洞，洞口堵上。育秧始，要用水把洞口堵物扒开，水便流到稻田边的沟里了。要用水，在沟处田埂边挖个缺口便是。秋李郢李老二是"管水员"，专事管水。李老二整天扛把锹在田间转悠。水在流。田里水够了他就把缺口堵上，水少了，李老二再把缺口挖开。

"旱改水"之后麻烦了，塘水不够用。队里不得不到尖山水库调水。水库闸门一开，按流量按时间算钱。哪知水是有"水分"的东西，见地罅就钻。这一路五六里长的"农渠"满是鼠洞什么的，水渗漏不少。渗漏的是钱呀。这让秋李郢人很心疼。

这之后秋李郢人有了经验，调水之前全村男女察看农渠，有鼠洞什么的都给堵上。

可是放水之后，仍有好些田块没水。不对呀，会计都计算过的，怎么缺这么多的水呢？

直至李老二出事，队里才知原委。

农渠上游的前进队管水员，想讨巧，在渠上扒开了一个口子。也怪李老二心急，你把缺口堵上不就得了，你用铁锹掴前进队的管水员，且让人挂了彩。那前进队的人又不是吃软饭的，呼啦啦来了二十多口人，以牙还牙。秋老二的腿也叫打折了。

扯平了，各有一伤，且都落下了残疾，瘸了腿。但，秋李郢人和前进队的人，为水，却结下了梁子。

队长秋老五放话了，秋李郢人不是好欺侮的。我上学的时候，妈妈嘱咐我，走路不要溜单，不要和前进队的孩子玩。放学的时候，我们见到前进队的孩子，便猛喊：

"秋李郢，亮堂堂。前进队，钻裤裆！"

前进队的孩子自然也不是省油的灯，他们也有回应：

"前进队，亮堂堂。秋李郢，钻裤裆！"喊毕，听到"嗖"的声响，有"子弹"飞，"敌人"在向我们扔泥块！我们撒腿便跑。

积怨暴发，想不到的事情还是发生了。

那天我们正在上课，操场上放有两副担架，前进队有一伤员，秋李郢也有一伤员。旁边聚集两拨人，各拿棍棒，剑拔弩张，气氛很是紧张。一场械斗眼看就要发生。

原来，两队为争水再次发生摩擦。两队共用一渠，都想先放水，管水员再次互殴。两队都派增援。大队得到消息，哪能有此造次，约定在学校操场开会解决此事。学校放学，虽说老师要我们"早早回家"，我们哪里会依，团聚在秋李郢人的身后。再一

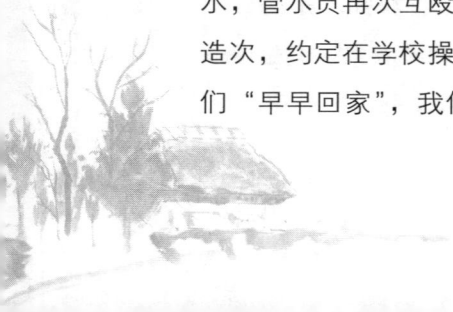

看前进队的孩子呢，也都围在大人的旁边。我们几乎瑟瑟发抖，前进队的孩子，也都大气不敢喘，哪还有"亮堂堂"的雄风。

事态自然平息。后来大队又在两个村之间扒了一个大塘，彻底解决了水稻用水问题。我们再见到前进队的孩子，也不再猛喊"亮堂堂"了。前进队的孩子也没再向我们扔过"子弹"。

水稻水字当头，哪知也会成为"祸水"，引起争斗，这是我们所没有想到的事。

二十八

了秧是秋李郢人的泼水节。

水默田园、乡情晕染的六月，有竹鸡在叫，有斑鸠在叫；满山满野的槐花业已把心事藏在了青青的荚里，扬一万只翠绿翠绿的小耳朵，听秧歌在响。

瓜种了，豆点了，家杂肥挑到玉米地里了。在家前屋后栽椒、葱、西红柿。还得抽出时间，从缸里把去年秋后腌的菜拧干，上锅煮，晾在竹篱上，风成霉干菜。来客人了，买二斤豆腐，或是称几张千张，配上从篱上扯下几根晾好的霉干菜，款待客人，这算是上好的小菜。没人计较，不会有人计较，这会，村里人哪有得闲。

秧歌在响。

一行行的秧苗是一行行翠绿的五线谱。这当儿说秋李郢泡在水里，泡在秧季，不如说秋李郢泡在歌里。

秧季渐短，最后只剩下那块秧母了！

"今天了秧?"

"今天了秧。"

"今天了秧!"

栽秧苦，苦了一个秧季。总算是个头了。释放，也是庆贺。"了秧"这一天，秋李郢人会用自己的方式举行一个庆典。了秧时节，在秧母。

一村的秧地就要插完了，一个秧季就要过去了，大家都齐聚到秧母里。这一天，秧歌格外地响。平日里只是挑秧的秋老六也来了，管水的李老二也来了，一个秧季了，他们总得要赶上插几株秧的。和在秧歌里，李老二也唱，秋老六也唱。"咯咚代，我代里咯咚代。"抬头，要是看到金桂她们时，眼便盯着不放，怪怪地笑，猛吼一嗓子："我代里咯咚代。"还不待金桂她们发作，李老二又吼："我代里咚咚代。"有挑衅挑逗意。

这天你是无论如何也不能小瞧金桂她们的。唱秧歌是李老二他们的短处。金桂嗓子尖，她一起头，一田的女人便跟着和。"咯咚代，我代里咯咚代"，水面起皱，仿佛水都叫震得起了波纹，一下子便把他们的秧歌给盖了。再看李老二，头都不敢抬，像刚插的秧苗遭了暴晒，蔫了。

金桂她们成了主角。秧歌一浪一浪地响，杂乱，鸭子吵塘一样。

其实，这里面隐藏"杀机"。借着歌响，金桂她们用眼神交流，或是窃窃私语，待秧母空地渐小，地里人团在一块的时候，了秧的高潮便来了。

差不多离田头还有几尺地呢，估计是金桂的尖嗓子叫了一声：

"了秧喽!"

"了秧喽！了秧喽！"众人和。

接下来每一句"了秧喽"是有内容的。她们从田里抓起一把泥，还没等秋老六他们反应过来，就没头没脑地向他们砸了过去。其实秋老六他们知道她们会砸泥泼水的，他们没有立时地躲开，这一天了秧了，高兴才对。一大早下湖的时候，家人都会吩咐今天要穿件很旧的衣服。大家相互追逐，相互嬉闹，泼水，砸稀泥，近一个小时的嬉闹后，你是没法分辨出谁是金桂谁是秋老六的了。一个个都成了水鸡子。一个个都成了泥猴子。

秧母被踩得很乱，这不打紧，第二天，队长秋老五会想着找两个人把地里的秧补齐。

太阳下山了，家里人早就把晚饭端上了桌，桌旁有几只新下市的杏或是刚摘的栀子花。也有人去到村后的荷塘，洗去身上的污泥。还有对情人，男孩一个猛子扎进水里，不一会的工夫，挖出一条新花藕来，白白嫩嫩，递给坐在石码头上的姑娘，说着清脆甜嫩的话，直到月上梢头……

二十九

在秋李郢有一个很流行的段子：一青年男（也有说青年女的），见着一地青绿的麦子，不识，以为是韭菜，大喜过望，这么多韭！感叹此乃真是"广阔天地"也。于是，便偷偷割了一把回去炒吃。

结果呢，苦涩难咽不说，自然是落下了笑柄。

这个段子让秋李郢人津津乐道了好些年，几乎人人会讲。故事主人翁有说是南京知青，也有说是上海知青的。故事的真实性没有人考究过，时至今日我也还记得，只是笑过之后多少也有点心生苦涩。这个青年男（女），显然是吃了不识庄稼的苦。

其实，认识庄稼也并非易事，就是秋李郢人也有看走眼的时候。给玉米锄地，苗密，间苗，一锄板下去刨了几株，哪知看上去苗壮的主却日渐细小起来，日后才发现，留下来的苗是高粱。玉米苗和高粱苗你是没法分辨出来的。麦地里也有披着羊皮的狼，是青草。一片绿，铲除青草得弯下身子仔细辨认才行。那会没有除草剂，却练就了秋李郢人的好眼力。

高粱苗当玉米苗那是偶然事件，混进麦地里的青草也成不了气候，认识稗子，几乎是整个秋季的事，也是薅秧的重要内容。

薅秧自然不是把秧薅去，薅去的是杂草。长在秧行之间的杂草好除，用秧耙耥几遍便行。秧耙是秧田里除草的专用农具，宽不过掌，枣核状，正面斜按有柄，背面有数排铁齿。要是杂草和秧苗长在一块，那得弯腰用手薅去才是。

不过，稗子不是你想除就能除得掉的。它就混在秧苗间，一式的高，齐头并进，我刚学薅秧那会是一时没法找出这个秧苗间的异类的。我自己有个原则，那就是不能错杀一株，放走便是了。就是手下留情，分辨不出谁是稗子谁是秧苗的时候，别去动它。因为我知道，薅秧又不是薅一遍，有稗子没分辨出来留给后来人吧，下次会有人把它揪出来的。也有的稗子挺顽固的，潜伏得深，等薅到第四遍秧、第五遍秧的时候才被清除出去。

日久，我自然也跟着学习认识稗子。秋李郢人还有辨识稗子的口诀，"一看二摸三清除"。看得细看，要看细节，稗子的叶面脉络是细白色的，很清晰。秧苗的叶面脉络模糊。稗子的关节处光滑，秧苗的关节处有细茸茸的毛。总之是稗子体面漂亮，秧苗

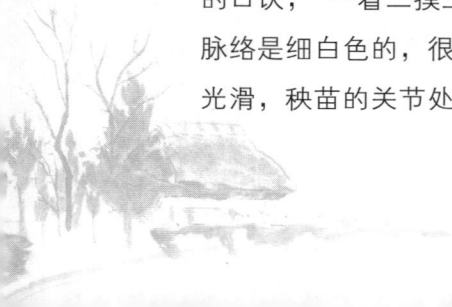

不好看，丑。漂亮是罪，还有杀身之祸。哪晓得这事也会发生在稗子身上。秧苗不只关节处有茸毛，叶面上也有，手一摸便知。稗子叶面细腻没有毛。

认识稗子，似乎让秋李郢人有了面子。因为他们几乎人人知晓是如何辨识稗子的了。这个"一看二摸三清除"的口诀毕竟是它们总结出来的，也管用。其实，也是因为稗子，让好些种了一辈子地的秋李郢人感到没有面子。在新稻下来的时候，煮出来的饭盛上桌的时候才发现，碗里面有不少细若芝麻的稗子。它们依旧很是小心地用筷子将稗子挑出来，自然不沾一粒米，让它粘在筷头上，然后在碗沿上一磕，稗子便落下了。因为秋李郢人没有人愿意，把"不识稗子"的苦果自己咽下。

三　十

看青这个岗位好像是专门为阿四设置的，或者说，阿四更适合看青。

阿四喜欢"充军"，到处跑，一天能把屁大的秋李郢转五遍。秋李郢太小了。转累了的阿四就坐在田埂上眼望天，叹气，像笼子里的小鸟站在笼间的小木棒上发愣。之于阿四，秋李郢是个鸟笼。

阿四是南京知青。他说话有口头禅，问人家"是不是"的时候，老是说"阿是啊"，就是告诉人什么事了，或是随便说什么话，也会"阿是啊阿是啊"的。秋李郢人听着新奇，听惯了土腔土调，有点沉闷，见了阿四了都想学几句南京话，可也说不上其他的什么话，冲他便是："阿是啊。"

人们便依着他的口头禅"阿是啊"叫他"阿四"。阿四叫什么名字我不知道，估计秋李郢人也少有知道。

我们也喊阿四"四哥"。

其实，后来我知道了，这些"知识青年"根本就不会做农活，他们是来"接受贫下中农再教育"的，又不能让他们闲着，只能让他们看青了。不只是阿四，其他小队的知青，也都专事看青。

看青是个闲职。看青就是看管地里的庄稼，看猪、牛这些牲口，也看鸡、鸭这些家禽，不许它们到地里糟蹋庄稼，见着了"吼、吼、吼"撵跑便是。这样整天"吼、吼、吼"也伤喉咙。一段时期，阿四整日哑声破嗓的，说话像公鸭叫。后来阿四便从南京带回来一把哨子，见着地里有牲口或家禽了，就吹哨子。阿四把哨子系根白带子，整日挂在胸前。或许地里的猪、鸡什么的根本就没听过哨响，阿四猛地一吹，它们便撒腿就跑，也有效。

据说，阿四刚到秋李郢的时候，不识庄稼。有一天，他利用职务之便监守自盗，割了地里一大把韭菜来家炒吃。一吃，苦涩难咽，一嘴绿。哪里是什么韭菜，是刚返青的小麦。据说罢了，不当真。后来，我知道这个故事有好多版本，误把小麦当韭菜故事的主人翁，是谁说的就是他们那儿的那个知青。秋李郢人自然把"炒韭菜"的事安到阿四的头上了。

有名有姓，有鼻子有眼，都是为了让人相信的。说多了人们倒不相信了，无非是说知青不识庄稼，闹了笑话。其实是没有的事。

看青显然是不够阿四做的，阿四精力过剩，经常"充"出去打架，回来多半是鼻青脸肿的，估计是吃了亏了。我常见他埋头

玩"石锁"。石锁，锁状，有二十多斤重的，鼻子处正好放下手。阿四能把石锁抛向空中翻滚，下落时他的手准确地穿插在锁鼻里。有时，他还能玩出花样，比如，把石锁向后抛，从侧面抛，阿四都能接得住。阿四潜心玩石锁，有点武士受辱卧薪尝胆练功报仇的意思。因为不多日，阿四回来的时候，又看到脸上有伤。

后来得知，阿四也常到他处找酒喝。他脸上的伤，有的是醉酒时摔跤跌的。

稻黄，秋收在即，阿四还是尽职的。他整天提着棍在田头转悠。后来我发现了，他多半是蹲在米丫她们割稻人的旁边"阿是啊"的。阿四也给她们在稻田边磨刀。米丫她们到哪块地里，他就跟到哪块地里"阿是啊"。米丫她们也不见外，一刀虏不断，也跟着"阿是啊"起来。

我上中学的时候，四哥就走了，返城了。他临走我去送他。原本我打算跟他学玩石锁的，泡了汤。他把挂在胸前的那把哨子摘了下来。回头，对着秋李郢，憋足了气，"嘟——嘟——嘟——"猛地连吹三响！

三声哨响，四哥一脸通红。我似乎明白了，四哥为何常常伤痕累累。四哥像个烈鸟，秋李郢囚他太死。

四哥把哨子送给了我。

四哥走了，秋李郢再没有人看青了。估计，现在也不再有看青的人了。

看青的四哥走了。秋李郢看青的四哥走了。

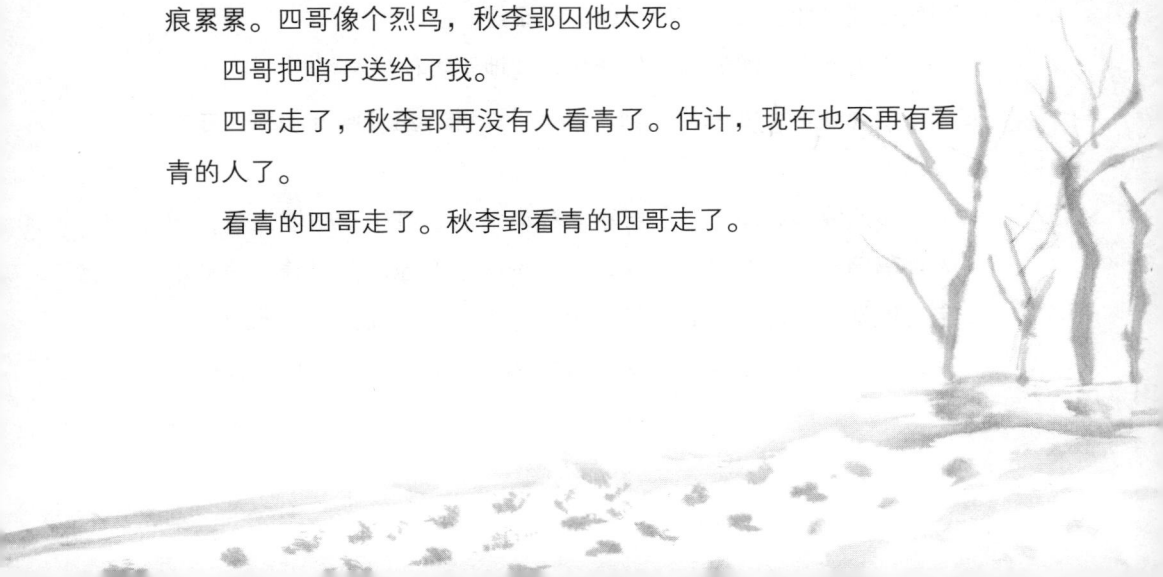

三十一

天渐高，阳光橙黄浓密，仿佛整个秋天都熟了。

尝秋便开始了。

梨黄，枣红，这些果树大多长在院内，虽早有觊觎，那得看家主的脸色，翻墙、上树危险系数均高。罢。秋老根家院内有棵枣树，枣红得刺眼，镀上阳光的暖色，分外诱人。我们眼馋，看到枣吃不到枣的滋味不好受。转身，恨恨状，拾起路边的小石块，朝树梢边的红枣打去。还不待我们看清打着枣没有，"汪汪汪"，狗叫声紧。我们撒腿便跑。

秋大着呢。田野尝秋花样也多。我们烧过山芋，不过，新山芋没糖化，不甜；我们烧过黄豆，有"叭叭叭"细响，大人又说黄豆吃多了会放屁；我们甚至用荷叶包着烧过蚂蚱，只是吃是囫囵吞枣的，没品出滋味。

我们尝秋都是些野路子，虽有乐趣，大人也多有纵容，尝的都是些"不能当饭吃"的东西，不正经。

叫人不可理解的是，秋李郢人到地里尝秋是尝稻。

稻壳硬，有细小的毛刺，哪有什么味。用牙嗑开稻粒，才能尝到米。所以，"尝秋"也有叫"嗑秋"的。

那天我跟秋老五下田尝秋。秋老五耐着性子在田埂上看，一大片稻搁他面前黄着，香着，一大堆阳光在他面前晃着。他只是定定地站在田埂边，站在阳光里。约莫过了好几分钟，他蹲了下来，把手伸进稻子中间，把手放在稻穗上，像大人抚摸着孩子头

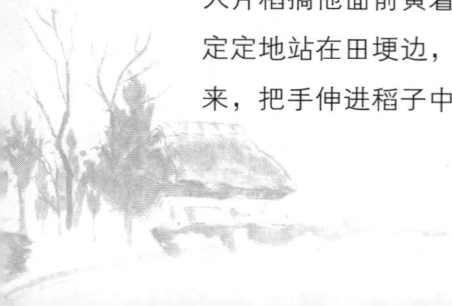

似的。我搁心里急，这么庄重这么神秘，不就是掐根稻穗嘛，干吗迟迟不下手。

他把稻粒嗑开，吐出壳，咂吧着稻味，品尝着米香。据说，他这一尝，能知晓这地里的米质，能尝出地里的产量，还能尝出这年成的好坏。谁知道呢。

其实，也不见秋老五尝过几粒。他把一粒米放嘴里反复地玩味，不嗑，不嚼，不咽。剩下的那一大穗稻自然就被他带回家去了，也好让家里人一并尝个新：呵，这是今年地里的新稻。

纵是一家人，也不会把整穗稻嗑完。他们会将没嗑完的稻穗朝地上一扔，惹鸡们争抢。有好几只鸡共同叼根稻穗在跑，争啄稻粒。一家人看得有滋有味。鸡们尝秋的小打小闹，让农家小院平添了好些乐趣。

不是所有人都能享受到尝秋的乐趣的。秋李郢人就说过秋老根家的不是，说秋老根每次田间归来都掐有稻穗在手，不见他嗑，也未见他喂鸡。他把稻穗别在檐下，竟然积聚有一大把的水稻。据说有人亲眼见秋老根媳妇把稻穗在畚箕里用石块磨去壳的，磨出大半碗米！还有人闻过他家有新米香，比划那大半碗米，该煮多少粥呀。啧啧。虽是传说，人们再见着秋老根的时候，发现他不多言语了，真的像是做了亏理的事。尝秋是让人高兴的事，估计秋老根尝到的真不是滋味。

哪知，这不是滋味的事真的摊到了秋李郢人的头上。

那年秋李郢水稻长得好，公社要在这里开"现场会"。现场会来了一百多个人。原以为这是个风光的场面，秋老五跟着屁颠，忙前忙后地说着今年收成的好。哪知"现场"人禁不住都将手伸进了地里，怎么着：一人掐下一两穗稻。那可是一二百穗水稻，那该煮多少锅的粥呀。作孽呀！

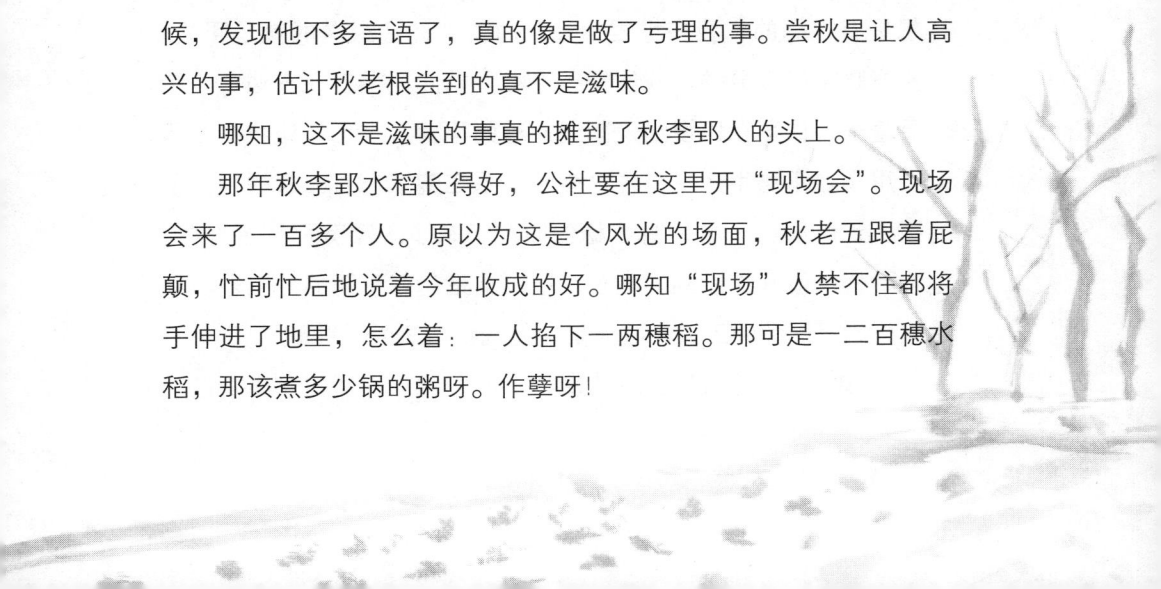

打那次之后，秋李郢人听了"现场会"便觉反胃，尝秋的乐趣也跟着打了折扣。

三十二

黄金落地，老少弯腰。

这句话用来说拾麦子，也用来说拾稻。

说水稻是黄金，不只是色似，最重要的是粮食金贵。秋老六挂在嘴边有一句话，粮食是人的命根子。

还真是老少弯腰。拾稻的多是老人和小孩。田里忙的紧，大人才没时间去拾稻呢。

我奶奶像是油画里的拾稻者，挺上像的。纯白的头发，小脚，蓝布夹袄，更重要的是她弯腰，一直就这么弯着。这是拾稻者的经典姿势，有点形象代言的意思。其实，是她背驼，腰直不起来。

小时候我曾傻乎乎地想过：奶奶整日将腰弯着不酸吗？我这样想是有根据的，我在地里拾稻的时候，体会最深的就是腰酸。低头弯腰不出五分钟，我便受不了啦。站起，径直在田边走，希望寻着一两株落在田埂边没割还站着的稻穗。这也好让我的手镰派上用场。手镰半边月饼样，有眼，系在腕下。有立着的穗，手持穗头，腕顺势一个转身，穗便叫割下来了。哪有那么多好事，地边就根本没几株没割的稻子，所以拾稻者戴手镰的并不多。纵是这样，不一会的工夫，我还是会跑向奶妈嚷着"腰酸"。

"小孩子没有腰。"奶奶哄我。

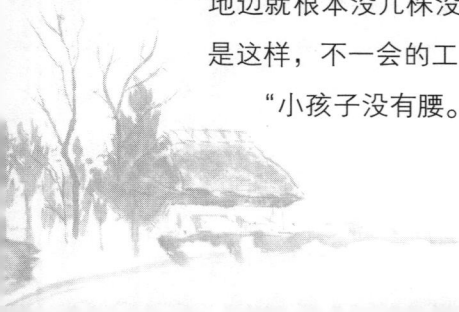

平日里奶奶似乎把主要的精力都用在走路上。脚，说三寸金莲也差不多，这么点的着地面积自然不稳。地上满是猪蹄印和牛蹄印。我奶奶就在这密布的小坑之间左右挪动。路上你要是客气跟她打招呼那就是找她的麻烦了。她听到你的声音之后，得首先找一个平整能落脚的地方停下来，然后把脸仰起，要是迎光，她还得抬起右手打眼罩。总之，经过一番分辨之后，我奶奶才会跟你说话的。

"公社子呀。"

"不是，我是秋老五家的老根子。"

奶奶这样专心致志走路的样子一点也不影响拾稻，而且是她拾稻的优势所在。天空她够不到看，看对面来人也看不准，左顾右盼她也没法分神呀，没准是要跌跟头的。只看眼前的路。这倒好，别说路上有落下的稻穗，就是有叫人踩落的稻粒，奶奶也看得到，有时也会低头将稻一粒粒捡起。

"陈奶奶在哪条路上走过？"稻季，常有拾稻者向我或者我妈打听。

奶奶就在挑稻把人走过的路上拾稻。奶奶拾过的路其他拾稻者看都不看，仰面走路便是。

稻穗满把的时候，奶奶便站起身，其实，也只是把头抬高一些。左手攥穗，右手从底下捏几根稻茎在穗根部扎成把，像给辫子打结。奶奶把扎好的稻穗用绳系好前后背着。回家的时候，奶奶像背着褡裢似的将十多把稻穗背在肩上。

奶奶将稻把摊放在大匾里，用棰衣棒在穗上像捶衣服样的敲打，再用畚箕扬去稻衣稻秸之类的杂物。奶奶会在翻晒稻子的当儿，反复地摩挲着大匾里的稻，抓一把，然后慢慢地松开手，一粒粒地从指间滑落。一粒粒金黄的阳光在响，一粒粒金黄的稻子神采飞扬，金豆子般活蹦乱跳的。这当儿你会看到奶奶嘴角有一弯浅浅的不易让人觉察出来的笑意。从奶奶专注的神情里，从她对稻子的把玩之中，让人体味到了，整个秋天会是那么的安详。

三十三

隔着岁月的门槛，我依旧还能嗅出它淡淡的香味儿。

阳光一粒一粒，一春，一夏，入秋，它圆润饱满，在深蓝的天底下业已成熟。九月，早些，抑或晚些，忽而多了一只惊异的鼻子，是桂花的味道，是秋的味道，是水稻的味道！

阳光一定是有味道的，一如那浓郁的桂花香儿。或者这当儿阳光的味道就混杂在桂花香里，或者桂花的味道就浸润在阳光里面，你是没法分得清的。你是无论如何也无法把阳光的味道和九月的味道分辨开来的。

还有水稻，还有桂花黄！

四十多年了。是水稻和米把我养大。宽恕我吧，我不是忘恩负义之辈。在我今天要写"地亲粮亲"长篇系列散文的时候，在我今天要写水稻的时候，我在想，什么样的水稻才让我刻骨铭心的呢？是"桂花黄"！

只有桂花黄。

早年吃"供应"，市民吃得最多的是"小米"。小米微红，粒小，轻，泛着股陈年的霉味，煮出来的饭虽说吃水胀性大，但霉味依旧不散，口感不好，木木的。我只知道它叫"小米"，一毛四一斤，好多年不变的价格。年岁渐长，从每月供应八斤，到每

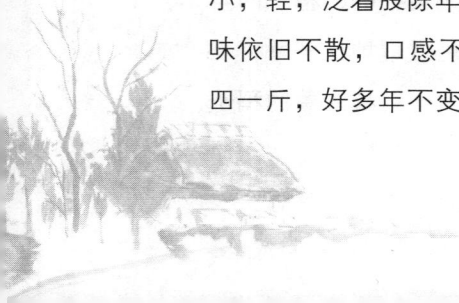

月十二斤，再到每月三十一斤。之后有了杂交米。杂交米一定是不知道它的父辈和母体的。再后来出现的"东北大米""江苏大米"，却都是随了地域的姓，而且根本就不是一个品种。

我只记得桂花黄了。

桂花黄是稻中的美男子。茎秆粗壮，株型紧凑，体态清秀。割了稻，桂花黄粗壮的茎秆用处多得很。茎秆硬实，用它盖房，金黄好看，风一吹，有股清香味。只是会招惹麻雀，麻雀们在屋草间做窝嬉戏，闲暇时还在翻捡稻草里的稻粒，惹屋主人大怒，却又无奈他何。持一木棰，将茎秆反复捶打，茎软如麻，用它搓出的绳牵牛、套犁耕地。秋李郢的刘大爷，年近八十，专事搓绳，队里的牛绳和牛耕绳都出自他手。他是队里的五保户。

桂花黄是粳稻，米粒短而粗，不黏，厚，卵圆形，籽粒强度大，耐压性好，加工不易碎，出米率较高。它胀性小，秋李郢人说它"不渐饭"。

后来有人叫桂花黄"苏粳1号"。别扭，反正秋李郢人叫不好。秋李郢人念"粳"为"梗"音，粳稻念"梗稻"。一说"苏粳1号"，他们会恍然状："桂花黄啊！"亲切自然，改不了口。

桂花黄"不渐饭"，秋李郢没有人家那么奢侈真地用它煮饭，烧粥的居多。有下地做重活或是上学的学生，家里人会想着在米渐熟的时候捞出些，去汤，炒半碗饭，只是半碗。桂花黄淡淡的香味儿，令齿颊兴奋得很。那半碗油炒桂花黄米饭是全世界最美的大餐。那会我想的最多的问题就是，哪天我才能天天吃到那半碗桂花黄米炒饭呢！

前天上网，有一个叫"二少婉"的网友在网上发帖："有谁知道六七十年代老一辈口中说的水稻桂花黄？""百度"哑口，无人跟帖。也是，一晃几十年了，现在的年轻一代网民有谁还知晓桂花黄呢?

现如今,吃饱饭不是问题,每天能吃上纯米炒饭更不是问题。桂花黄过去一亩地七八百斤,现在的水稻亩产早已过千斤。前些日看电视,我国培育出一种"超级稻"亩产已突破九百公斤,亩产过吨将成为现实。各种名目的大米眼花缭乱,各种品牌的大米应有尽有。只是,我们再也吃不出当年桂花黄的味儿了!真地不好说,之于水稻,之于米,这是现代人的幸运,还是现代人的悲哀?

三十四

人分男女。稻也是。非常稻嘛。

我高中一毕业秋老五就开始打我的主意了。好像拖拉机手这一职场美差是专门为我留的。

没有人小视手扶拖拉机,那可是好多吨稻子换来的。更没有人小视拖拉机手,那是个体面的差事,能跟队长平起平坐。手扶拖拉机交公粮或是上街,拖拉机手旁边的副驾驶位置铁定是队长的。

哪知我自己不争气。手扶拖拉机发动时是要用摇把憋足劲地摇的,我气力不够,摇不响,根本摇不动。这让我妈愁坏了,她反复絮叨着。生活和生存是个问题,更重要的是,力气的事为我的前途罩上了阴影,仿佛许多美好的希冀一下子暗淡了下去。

救命稻草注定能救人的,水稻又燃起了我对生活的希望。

是男稻和女稻。

其实是杂交水稻。秋李郢人不喜欢"杂交"这个词，大致弄明白水稻分公母之后，他们硬说叫"男稻女稻"。

选择一片上好的田块，地要平整，方正，大小相差不大，栽杂交水稻。男稻和女稻是要分时栽的，先栽男稻，后栽女稻。一墒之间只栽一行男稻，留出大片的空间日后栽女稻。男稻成活之后，碧绿壮实，个个都似一米八的英俊小生。稻也类人，发育有先有后，花期有早有晚。女稻发育得早。男稻女稻分时栽插是为了算准它们的花期，让它们同时开花，再用人工的方法让它们杂交授粉。

要让男稻女稻杂交，株距行距是有规矩的，最重要的是要掐算好各自的生长期。稻农虽说反复在秋李郢培训过几次，越是培训，越让队长秋老五头晕。稻农是水稻专家，其实就是公社的农技员。秋李郢人叫他稻农。头晕的岂止是秋老五，男稻女稻让种了几辈子地的秋李郢人开了眼界。

人尽其才，秋老五这次再打我的主意就对了。这让我妈长了面子，夸说识文断字的好。

队委会决定，由我负责栽种男稻女稻。

大致有杂交水稻栽培手册之类的书。我要依书行事，那是要小心多了。我说哪天栽男稻了，就哪天栽男稻。我说这天栽女稻了，那秋李郢天大的事都得搁下。秋老五发话："一村人听你调遣！"

栽种男稻女稻的日子，让我自信满满。

我才不要一村人都来男稻女稻区呢，尤其是花季。

给稻授粉是挺好玩的事。选根一块田宽的绳，一边一人，将绳在田里男稻女稻上来回地拉。米丫是我的搭档，花期里她总会泡在男稻女稻区里。秋老五说这是正事。她妈也没说我坏话，会

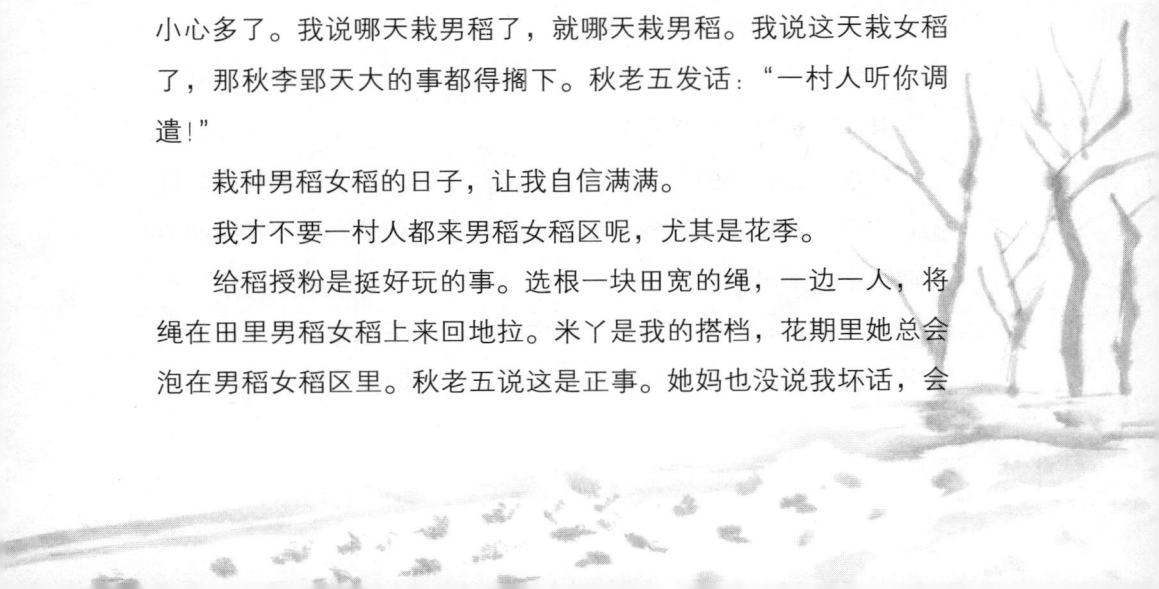

栽种杂交水稻，毕竟是挨着了高科技和知识分子的边。重要的是米丫她愿意。这让公社、老根他们好生艳羡。他们不恼，还央求着我也给他们分个美差，自作主张找个人也来拉绳授粉。我哪好意思不同意，都是一块玩的伙伴。当然，他们会打着我的旗号，说是我给分配的。他们自然是找二丫、三丫她们。他们的花花肠子我还能不知道。

　　碧绿田园，一片生机。一时，男稻女稻区都是十多岁的男孩女孩了。隔绳牵手，你分明能感觉到绳也有调皮的时候。拉一下，抖动一下，或是几下，绳在你手上，那自然是听你使唤的；别以为都是给稻使力，这往往有假公济私之嫌。要是米丫故意不理你真让人受不了，即便你手上的绳子不停地抖动。纵是如此，我以为在秋李郢给男稻女稻拉绳授粉那是真正的美差。

　　知道绳是情之信物是后来的事。要是米丫她们也明白了，要是月老红绳作美，也说不定会产生出《山楂树之恋》的"水稻版"——《男稻女稻》呢。非常稻嘛。

三十五

　　其实，也就一把稻的事。

　　秋老二是扬场的好手。有风了，他木锨一出手，稻粒均匀地撒在空中，高低有度，谷粒均匀。他扬过的稻粒，交公粮粮站的收磅员都挑不出杂质。

　　谷落稻堆，草秸、碎草叶等便被风吹到下风口了。站在下风口的扫稻人李三眼捷手快，在稻粒没站稳的时候，大扫帚便顺势

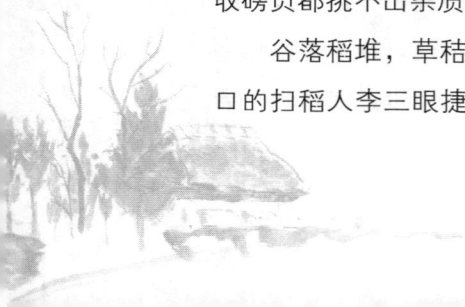

在稻上划拉一下，将小石块或者是断稻秸扫掉了。扬场人和扫稻人配合默契，一个正仰头抛谷，一个便持帚扫稻。稻正落的时候扫稻人就退一旁了。扫稻人就像是被扬场人的木锨拴住一样，木锨一扬，扫稻人就叫拉回来了，木锨一落，扫稻人就叫弹旁边去了。

可秋老二也有"失手"的时候。

扬场扬出的水稻落在正前方才是，哪有朝自己头顶上抛的呢。问题是扬也无妨，秋老二根本就不避让，任稻一粒粒地砸在自己的头上、脸上。秋老二呢，却不恼，稻像洒下的水，秋老二却在闭目享受"沐浴"他满头满脸的稻。

那天，我路过秋老二家。"秘密"被我识破。

秋老二短发，头发空隙处落不少的稻粒。那天也是他心血来潮，你把水稻用手捡了不就行了嘛。你要是捡不尽，让你媳妇帮忙不也行嘛。你猜他怎么着，亏他想得出：趴在一条小板凳上，低头，头周围围有三四只鸡，在啄他头发间的稻粒！

跟秋老二短发比，扫稻的李三就吃亏了。李三是个秃子。他戴一只斗笠，而且是那种大号的布满网眼的大斗笠。我似乎明白了，那些扬场扫稻的人为什么都爱戴草帽了。那密布的网眼里所藏的稻粒，一点也不会比秋老二头上短发间藏的稻粒少。这样一想，李三就根本没吃亏。

还有，李三在下风口扫稻，你金桂来凑什么热闹，头上根本什么都不戴。她也拿把扫帚，也不看稻粒落没落稳，冲上去就扫，还不砸她一头稻粒。还有，村里有好些人都会去为李三扫两把稻粒的。我自恃聪明，从"鸡啄秋老二"那里得到启发，莫不人人都想沾沾李三扫稻那个位置上的"油锅台"。

蹭一把水稻呗。

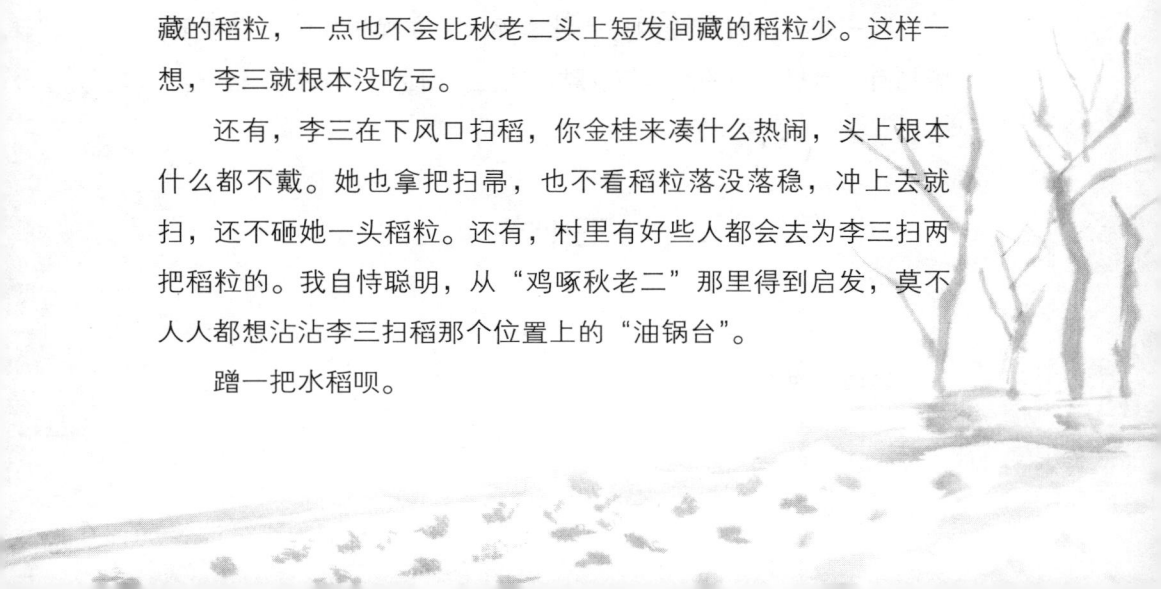

"揭发"水稻，想想水稻才是冤枉的。

有人说金桂是"万把钩子"。守家，扒家，走路都不空手，要么是薅一把猪菜在手回家丢猪圈里，要么是拾一把草丢锅门口。那天李三丫还偷偷告诉我说，金桂是个"大裤管"。话里有话呀。"大裤管"是什么意思呢？一向穿着还算讲究的金桂裤脚不放下来，却是天天卷着。看我一头雾水，李三丫急了："那里是个兜!"

呵，我明白了，"大裤管"是个兜呀，那里面真的能藏一把稻的。

金桂是"万把钩子"，秋李郢哪个不是"万把钩子"呢。

"大集体，稻草堆，哪个不扯哪个吃亏。"

这是秋李郢地下版的成人童谣。

其实，"扯"又能扯多少呢，一把水稻的事。我知道，秋李郢人不会去做那些出格的事。倒是我自己多嘴饶舌，"小人"之心，想着来"揭发"水稻来了。却又想，不说也憋得慌，好比安徒生童话《皇帝的新装》里那个多嘴快舌的孩子，不也很可爱嘛。孩不藏奸呀。

一把稻的事。

再一想，同样可爱的还有秋李郢人。在视粮如金的岁月里，哪怕有一点极细小的贪念与狡黠，他们依旧活得很真实、精细。

三十六

紧收午季慢收秋。

午季短。麦子半裸着，遇风雨会张嘴脱落，出芽，收午季要抢。再说了，大半年不见收成，饥春难耐，熬到夏天，一片青翠，眼都发绿，哪里慢得下来。

秋收就不一样了。稻子是紧皮个子，壳包得结实呢，不怕风，也不怕雨。稻熟，早收几天晚收几天无大碍。纵是将稻子割了放地里，队长说不定另有安排，用铁皮筒扯起喉咙在乡场上喊"妇年到东湖摘绿豆，农年带锹挖墒沟喽！"不关稻的事。

绿豆是个急性子，得依它的。队长得差看青的盯着它。绿豆一成熟得立马去割。要不它一张嘴，尤其是中午阳光好，豆子便心情大悦似的，"叭叭叭"没完没了得瑟，那还不落一地豆。绿豆是"小科"庄稼，多在拾边地或是坡地上种，不能当饭吃的，自然种的少。采摘时队长派几个年老的妇年便能消灭它，用不着大部队主力军。

豇豆也是个带嘴的家伙，自然也不能让它张嘴"说话"。不过豇豆个子大，采摘要比绿豆方便，省心多了。总之是等它熟了记着采摘便是了。

黄豆乖多了，嘴紧，不易开口，种它便多。豆在"秧秧大季"中让人分了不少的心，有好多年，队长便不让种绿豆或豇豆了。这样的决定队委会自然也不反对。

还有玉米呢，它可是大家伙，顶事的主。玉米在庄稼中顶天立地，除了高粱之外怕没比它高大壮实的了。它是当家粮，小视不得。地里掰玉米、挑玉米，晚上也不闲，到乡场上剥玉米。

月明星稀，有蛙鸣，蛐蛐响。晚饭刚过，马灯便陆陆续续地向乡场上移动。偶有唱"小哥哥等你到天亮呵"的，见灯不见人，不敢见光似的，分辨不出是谁。就这几嗓子却叫乡夜温情了许多似的，有了闲适，在夏夜柔软的时光里，让秋李郢人有了更

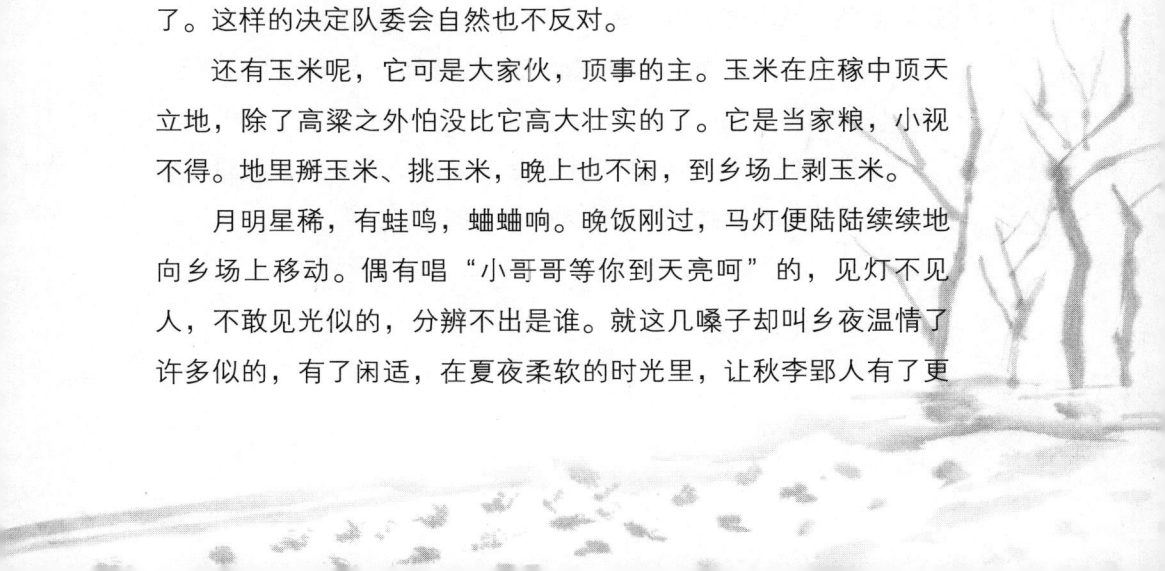

多的想象。

这当儿秋李郢人也有在下棋的，是用草棒或是竹枝在地上划的棋盘，五子棋。对弈者就地取材，一方找五颗小石子，另一方就备五颗玉米粒或是五粒稻。虽说这种五子棋难登大雅之堂，因其棋盘好画，棋子好找，很受青睐，还能透露出"闲敲棋子落灯花""稻花香里说丰年"的味道。蛙声一片，在这样的味道里，能让人品尝出秋收之曼妙来。

多数人都涌到乡场上去了，剥玉米乘凉，这倒成了秋李郢人的休闲方式。细细的说话，细细的剥玉米粒的声响。一开始总是相安无事的，这自然单调乏味。那天我看到有人用玉米粒砸秋老五的，几粒，不一会的工夫，有很多玉米粒在飞！当金桂骂秋老五是"讨债鬼"的时候，有众人跟着起哄，笑。

我哪里知道出了什么事，类似的"事"每天晚上都会发生。比如，有"讨债鬼"瞄一旁低头专心致志剥玉米的女的，然后，转头跟另一人说话，若无其事的样子，努力表现出这事不是我干的。往往被砸者找不到"凶手"而自吃哑巴亏，骂一句"讨债鬼"了事。其实，她也未必真的想找出"真凶"。若有人示意，知道是谁而为，那便会有续集，至少她会用玉米棒砸砸他几下，还以颜色，惹出更多的"事"。

众人笑，有动静，我便跟着起哄。哪知一旁米丫不乐意了：哪有你攒的豆芽菜！

金桂干吗骂秋老五是"讨债鬼"呢？一连好些天我没想明白，直至整个秋收结束，也没人告诉我答案。

三十七

稻客过去叫"支农"。

稻熟，割稻要的劳动力多，虽说水稻收割不像麦那么急，要抢，但金灿灿的稻子搁在田里，终究叫人不放心。怕连阴雨，也怕牲口糟蹋。这时候有人帮着割稻，做稻客，雪中送炭的事，当然好。

第一批稻客是孩子，是学生。瞄着水稻收割的时间，学校便开始放秋忙假了。虽说秋忙假也不过一周左右的时间，但关键时候学生回家还是能帮着做点事的，特别是初高中的学生，能当劳力用。

第二批稻客是公社来的干部。所谓干部，也多是公社机关里的职工，有粮管所的，有食品站的，有农具厂的，有供销社、商店的，当然，也有公社里的真干部。真干部是支农的负责人，带队的。村里人都称他们是"干部"。

干部支农是一道风景线。他们穿着漂亮，戴的草帽都是新的，草帽上的"为人民服务"字鲜红得很，连帽带都是雪白雪白的。镰刀也是新的。新镰刀没开过口，不锋利，割一会便不快了。他们穿着干净的解放鞋，有的女同志，还戴着白净的手套。这让村民们有点受不了，说戴手套不像干活的样子。后来人们发现了，受不了的事还挺多，岂止是戴手套干活。

比如镰刀不快了，不快了你休息得了，不行，他们还要割稻，便让人替他们磨刀。那没开过口的镰刀又不是一会就能磨出来的，那么多的干部，那么多的新镰刀呢。队长只好央求村民，带刀砖下湖，为干部磨镰刀。比如干部们渴了要喝水，干部不渴生水，干部要喝茶。村里要派专人烧茶，且要送到田头。喝也罢了，还要吃呢，还要吃好的呢，吃小公鸡。这会，村民们便把对付放电影的顺口溜套用在了支农人的身上："支农干部下乡，秋李郢小公鸡遭殃。"最让人受不了的是支农的还要照相。那天那位真干部照相的破事让金桂知道了，成了她讨债支农的把柄。

估计支农的不是到一个地方的，公社又派了一个小组人员去慰问一线支农的干部，跟随慰问小组一块来的还有一个照相师傅。到了秋李郢，公社干部认得照相师傅。哪知那位真干部的镰刀柄脱落了，刀跟柄分了家。看到照相师傅要为他照相了，他便把刀柄插在水稻里，装着要割稻的样子，让照相师傅按快门。照相师傅"咔嚓、咔嚓"地为干部照相，他才不管你是真割稻还是摆样子假割稻呢。看有照相师傅来照相了，金桂是个爱看热闹的人，忙着看新奇。这让金桂看出了破绽，怎么那位干部就不像是真的割稻呢。等照相师傅"咔嚓"过后，再一看那干部把"刀"抽出来，只是一柄呀。

"狗鼻子插根葱——你装象（像）的呀！"

金桂本来对支农的就一肚子气，说他们哪里是来支农，是帮倒忙，是坑农的，尽给村民们添麻烦，只是队长不让她说罢了。看到如此场景，金桂哪里还忍得住，脱口而出的一句话，等于骂支农的是"狗"，差点把支农干部的嘴都气歪了。那位带队的真干部闹了个大红脸。估计这事是传出去了的，要不，好多年之后，秋李郢怎么就没有支农的来了呢。

这倒让村民们高兴坏了，队长也高兴，这样支农的不来了好。这样的稻客不受欢迎。

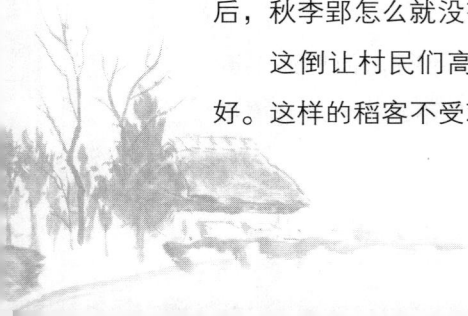

三十八

搁秋李郢，一说"登场"，全村人都明白是什么意思：粮食收了运到乡场上了。别无他意。你若说"乱哄哄你方唱罢我登场"之类，把"登场"这词搁里面，"瞎用登场"，说不定会让秋李郢人迷惑的。

白居易《孟夏思渭村旧居寄舍弟》诗："日暮麦登场，天晴蚕拆簇。"说的便是粮食登场；元代王晔《桃花女》第一折："俺则见四野田畴，禾苗丰茂，登场后，鼓腹歌讴。"说的也是粮食登场。

稻渐黄，队长便让秋老六做场了。秋老六做场在行，有经验。

夏日雨多，场叫雨泡了之后，土不密实，罅缝里也长了不少的草。要是老场，费事不大，依着旧样，去草，压实便可，若是新做的场，那就要费事些。

选一块平整的地，六七亩大小，浅耕，然后再泼上水，让表层的土充分被融解。秋老六守在场边，抽袋烟，或是两袋，不时地到场上踩踩。土收水不沾脚时，秋老六便朝场上撒稻糠了。稻糠是去年收稻扬场时下风口的碎稻叶、瘪稻粒、断秸秆等下脚料。一层细软的稻糠铺在乡场上，像是一层柔软的地毯，小风一吹，浓郁的水稻的气息便散发开来，整个小村，仿佛都笼罩在迎接丰收的喜庆氛围里了。

秋老六脸浅，挂不住东西，喜不瞒人。等他把场四周都撒满稻糠之后，便套上牛，拉起不带齿的碌碡，哼起小调，挨挨地压场了。站定，从场中间始，秋老六让牛围他转个小圈，然后压着这个圈的一半，再不断地向外扩展。几圈走下来，那牛也像是拿捏好分寸似的，按道走，正好压着上半圈的碌碡印。秋老六根本不用抖动手里把持方向的牛绳，也不用扬起右手上调节速度的牛鞭。他哼小调便是了。

"八月里来石榴红哟，

小妹妹你是不是要嫁人哟，

要嫁就嫁哥哥我哟，

哥哥想你到五更哟。"

渐次扩展开来的碌碡印痕，像是一圈圈纹路清晰的唱片。稻在地。歌在喉。喜在心。

整个场压了一遍之后，秋老六便依着纹路，再由外向内重新压上一遍。

如是反复。

"八月里来石榴红哟，

小妹妹你是不是要嫁人哟，

要嫁就嫁哥哥我哟，

哥哥想你到五更哟。"

秋老六的歌又回来了。他在唱，像是唱片的唱针挪不开步似的，掉在一个磁道里了，不断地反复。其实，这小调只有四句，或者说，秋老六只会唱这四句小调。

歌歇，扫去稻糠，一个平整崭新的乡场便出来了。

"嗨哟、嗨哟！"

"嗨哟、嗨哟！"

不多日，号子向乡场涌去，新割的稻子挑回来了。登场喽！

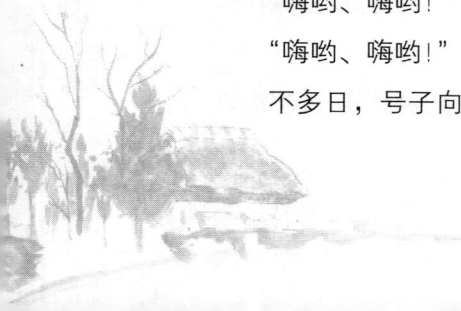

粮食登场，乡场便热闹起来了。白天一场人，晚上一场灯。打场、扬场、堆稻、晒粮。

月明，星亮，打场男女都到场。秋老六看场，自然离不开场。金桂、李兰花她们也都在乡上运稻把。一地男女，一天星月，一场稻子，有点憋闷，像是都辜负了登场的情境似的。倒是金桂向秋老六先发话了：

"八月石榴红了吗?"

李兰花快言跟进："哥哥想谁了呀，想到几更呵。"

"嘻嘻，哈哈，呵呵……"

再一看秋老六，耷拉着头，屁也没放一个。

"嘻嘻，哈哈，呵呵……"跟粮食一起登场的，是秋李郢人丰收后的好心情。

三十九

"抢场喽!"

秋老五手掐着腰，拿起铁皮喇叭在乡场上喊话，喉咙破锣样的几近失声。事急矣。

"抢场喽!"

秋老五然后又将铁皮喇叭调转方向，向前村喊话。

铁皮喇叭是秋老五发话施令的工具。有元宝形的嘴，嘴与渐次伸展的喇叭处有个腰，腰处细，口大，缝口锡焊而成。每天"下湖"到地里做什么活得听喇叭的。"农年挑稻把，妇年到南湖割稻喽!"喇叭声响。不一会的工夫，村上的男人便扛着扁担出来了，村上的妇女拿着镰刀慢悠悠地向村南走去。

秋老五叫干啥，那全村人就干啥。这铁皮喇叭"说话"还真的管用。那天喇叭就搁在稻堆上。秋公社也想试试这喇叭的权威性，试试自己喊话的权威性。他学着秋老五的样子，把一只小手搁腰间，扯着嗓子，那颈上暴出的筋就跟曲蟮（蚯蚓）似的，憋足了劲喊了一嗓子："农年翻场喽。"哪知，那天秋老根和"金桂家的"睡了懒觉，根本就没听到秋老五也喊过话"农年挑稻把"的。迷迷糊糊听有人喊，真的以为男人都上场翻场的呢，就扛把铁叉上场了。到场上一看，不是这么回事。知道被涮，秋老根气坏了，把秋公社耳朵拎着翻了几个身，耳垂被拧得通红，秋公社一个劲地跟着转且"哎哟"声不断，秋老根才罢手。那喇叭是你想喊就喊声的么。也不怪老根生气，等他再折身回家去拿扁担，其他人也挑着一担稻把到乡场上了。秋老根被扣了一分工。

秋公社被拧过耳朵之后，我们也都跟着长了记性，没有人敢用那只铁皮喇叭随便喊话的了。抢场是十万火急的事，喇叭我们碰也碰不得的。

天像孩子的脸，说变就变了。场上正晒稻呢，突然起风了，乌云罩了天，渐黑，有山雨欲来风满楼的样子，有山雨催村村欲毁的架势。队长急了。一场稻呢。

堆稻。这时候没有人走路是慢悠悠的了，场上人步子快了起来，像录像里快放动作。天阴，场上空腾起的灰尘罩住了所有的人。

晒场也没几个人，他们守一场的稻。晒稻，一天之中，用长探木翻晒两遍稻之后，便可在场头抽烟或是闲聊了。他们离不了场，坐在场边，以防有鸡猪什么的来糟蹋稻。

听到喊声，挑稻把的男人一路小跑，两头稻把跟跳舞似的，

悠闲时打的号子也没有了。女人拿起镰刀，跟在男人后面，呼呼大喘气，好像她们比挑稻把的男人还累。

我奶是小脚，自打那次抢场崴了脚骨折之后，我奶便少有出门。听到喊声，我奶便将笆斗里的二升面粉倒在桌子上，把笆斗递给我。我奶像是把抢场的接力棒交给我似的。抢场无闲人，抢场无老幼。全村人出，有拿竹篮的，有拿簸箕的，空手也行，一路跑，到场上，把晒在场上的稻、堆在场上的稻运回仓库，或者把稻堆起来，用塑料布盖实。

粮入仓，或是堆放盖好，再一看，你是没法分清谁是谁的，个个都是大花脸，有点像是从煤矿里才升井的矿工，只露个眼。人人都有一脸灰。我拎只笆斗蔫蔫地走回家去，才想起雨并没有下下来。

稻季，"跑马云"常常这样折腾我们。风来，也丢点，就是下几滴雨。每至此，队长是注定要喊话的，全村人也注定是要去抢场的。此时，不论你是做什么的，也不论你下湖还是在家，抢场是硬道理，不讨价。没有人去判断雨是不是真的要下，也没有人敢说这场要不要抢。

晒场的时候，雨就是那个老故事里的狼了，绝不受欢迎。"狼来了"，村民个个都是打狼人，哪怕那只狼一次次真的没来，哪怕那黑压压的风只是那个好撒谎的孩子。这不要紧，因为，抢场之于村民而言，永远是一场赌不败的胜局。

四 十

稻登场，脱粒之后，在场上翻晒便是，一般有"三个太阳"稻就能入仓了。秋李郢人把粮食晒一天叫"一个太阳"。"三个太阳"自然就是粮食晒三天了。

这三天不是将稻摊放在乡场上撒手不问的，晚上要是下雨怎么办，又没有夜里抢场的。还有，这满场的稻也不安全，又不能把所有的稻都盖上印的。就是不下雨，还不是有露么。晒稻就是要去水分的，遭了露，那又要多晒"半个太阳"了。所以，傍晚的时候，晒场上就将稻堆起加印了，早上再摊放开来。这一堆一放，所用着的农具也不少。堆粮是大探耙打头阵，小探耙拾边，木锨打堆，扫帚清场。摊晒稻有探耙基本就可以了。众农具成为乡场上晒稻的"亲友团"，它们亲密合作，各司其职。

翻晒粮食的用具就是探耙，也有人将探耙叫探木。探耙有大小之分，其式样也不一样。一般人说的探耙就是指的小探耙。

探耙，木制，"T"字形，由手柄和耙头两部分组成。手柄长一米二三，耙头呈长方形，长八十公分左右，宽二十公分左右。柄与耙头之间有卯榫相连。耙头贴地处有四十五度斜面。

稻在场，将有斜面的耙头朝下，把探耙像撮泥一样探进稻里，然后轻轻掘出，再推撒出去。然后，左移动，再将探耙探进稻里，轻掘、推撒，如是重复。到边了，再折回向右移动。阳光好，一般一天要翻晒四五遍的。翻晒稻子也叫"翻场"。

左右移动，推撒的稻不能太多，以防翻晒不彻底。翻晒稻技

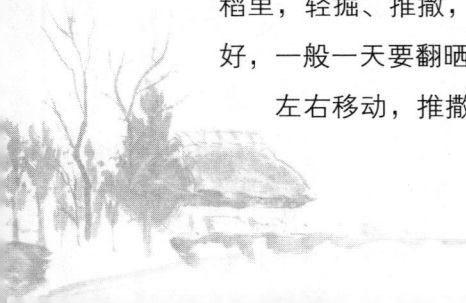

术含量不高，秋大先生说翻稻哪有难的，不就"横行霸道"嘛。

　　我不解。我知道秋大先生肚子里有点墨水，会玩文字游戏。他也吃过亏的。那天他看金桂发愣，有人问她想什么呢。金桂还没开口呢。哪知秋大先生来了一句"木目心，田力人"。金桂哪里知道什么叫"木目心，田力人"的，先是骂秋大先生"斯文鸟理"的，又去问一旁读过初中的李社会。李社会哪里好说。越是不说，金桂就越是不饶，非逼李社会说出答案不可。李社会算是被逼无奈，他或许觉得这只是开玩笑的话，说也无妨，便说金桂"想男人"。众人笑。"木目心"是"想"，"田力人"是"男人"。金桂哪里是能饶人的人呢，便揪着秋大先生的耳朵不放。秋大先生在原地打转，"嗷嗷"求饶，金桂才松手。再一看秋大先生耳朵，通红，耳垂子都像是耷拉下来了。那秋大先生说晒稻要"横行霸道"是什么意思呢？看我迷惑，倒是秋大先生自己沉不住气了。那天他从地上拾起根小木棒，在地上写了四个字"横行耙稻"。我恍悟：左右移动是"横行"，晒稻不就是用探耙"耙稻"嘛。可秋大先生没有告诉我，翻晒稻子推撒的时候是不能朝一个方向的。

　　那天晒稻不多，几担罢了，看我好奇，翻场的李老二和李社会正在地上下五子棋呢。估计看我翻场有点模样，也就没问我，放手让我翻晒。翻过一遍之后，得让稻晒一个多小时的。我不管，每隔二三十分钟就去翻晒一遍。我哪里知道翻场要认方向的，前一遍向东推撒，第二遍就要向西推撒了。我是朝一个方向摊撒。几遍下来，稻子叫我整体移了个位，进而推撒到场边的毛地上了，有一些稻粒都被推撒到毛地边的下水沟里了。估计那天李老二下棋输了棋，心情大坏，看我翻场把稻推撒出了场外，举起扫帚就要撵我。我是撒腿就跑，李老二在后面放出狠话，说下次不准我上场玩了。

不准我上场就是剥夺了我的娱乐权了。很长一段时间，我上场的时候心里还都起紧，眼盯李老二不放。李老二跟没事人似的，好像根本就没把我放在眼里。估计，他早就把那句话给忘了。

四十一

"腌咸肉，晒腊肠，腊肠自己吃，咸肉客人尝；风来了，好扬场，泥稻分社员，好稻交公粮。"

乡场是队里的生产中心，也是孩子们玩耍的好地方。大人们在扬场的时候，我们会聚集在乡场上跳大绳，一边跳，一边唱。

现在的孩子也跳绳，也唱儿歌，唱"你拍一，我拍一，一个娃娃开飞机"，一直唱到"你拍九"。《好稻交公粮》是六〇版或者七〇版的"你拍一"。

大绳是牛拉碌碡的草绳，粗，"大"，有四五米长。两个孩子将绳抛起，一个孩子在中间跳。其实，跳绳的孩子很少能把儿歌的完整版唱完。要么是抛绳的不协调，抛的高度不够，要么是跳绳的孩子踩的节奏不准，绳绊到腿了，有的还没"晒腊肠"呢，就败下阵来了。

败下阵来的孩子就一旁歇着了，或是抛绳，换另一个孩子继续"腌咸肉"。

秋老根个子小，却有劲，跳得最好，有好几回都能跳到"交公粮"的。这让我们很是羡慕，却也心生嫉妒。

那天是秋公社出的坏点子，他跟李小六抛绳挤眼的时候我就知道他出馊主意了。秋老根跳绳，几乎是闭着眼唱歌，正陶醉着等待"交公粮"呢，还不待"泥稻分社员"的时候，秋公社和李小六将抛起的绳子猛地一拉，改变了节奏。秋老根哪里知道，绳子打到了他的腿上，跌了个仰巴叉。

"阴谋"得逞。笑煞众人。

后来秋老根知道了，他跌仰巴叉是叫人算计的。他以后跳绳的时候就长记性了，不再闭眼。其实，也怪秋公社他们，个个窃笑，自己搁不住话，有一回还把此事传给李三丫的呢。李三丫口哪里紧，跟传声筒似的，还不人人知晓？

没有人怪李三丫的，她把秋老根跌仰巴叉的底兜出来才好玩。我们"躲猫猫"不也是嘛。一人藏，一人找。找者问："躲好了吗？"藏者答："躲好了。"你"躲好了"声音再小，不也暴露了吗，寻声而去，哪有找不到的呢？

不暴露找不到就没有意思了，好比秋老根莫名其妙地跌仰巴叉不说明原由同样没有意思。

孩子不藏假，这才有意思。

过去乡下穷，过年杀年猪的少，多半腌两吊肉，还有就是腌挂大肠。肉金贵，家里人舍不得吃，有尊贵的客人或是至亲的亲戚上门了，便切咸肉上锅蒸，或是切咸肉丝炒韭菜什么的。肉是大菜，招待客人有面子。腌成的腊肠就上不了台盘了，好在它也有肉味，重要的是，大肠里有荤油，切几片和韭菜生炒或是伴在青菜里煮饭，一锅香。这上不了台盘的腌过的猪小肠或是猪大肠，家里人自己吃。

儿歌里还有"扬场"呢。扬场就是要把谷物里的草叶杂质去掉，自然要风的。风的大小决定将谷物抛起的高度。风小了，谷物就要抛高，风大了，谷物就抛低。这谷物是好是孬，风说了算。抛下留在风口的都是圆润饱满的稻，下风口的自然就是半瘪的稻或是有泥沙杂质的"泥稻"了。扬场之后，村民会把风口处上好的稻和下风口的"泥稻"分开来，各有用场。"泥稻分社员，好稻交公粮。"

"交公粮"就是以粮抵税，村民把收下的粮食按一定的比例交给国家。现在农民种地"公粮"不用交了，而且还有补贴。

饥馑岁月，时隔经年，我们从跳大绳儿歌里体悟到的秋李郢人那种舍己爱人、舍己爱国的真诚情怀，觉得分外有意思。

第三辑·稻场

四十二

与乡土亲近的最好方式，是赤脚。

三月雨酣，"秧秧"大季始于雨。秧苗绿，稻在长，有空，到田埂上赤脚走走才好。

茅草，巴根草，马兰头，没有金贵的；没有娇气的。躺在地上，铺在地上，你踩就踩呗。左脚立地，右脚在草中划拉，要是早上，满脚背上落的都是露点点，煞是清凉。露干，飞起的有蜻蜓、蛾和不知名的小虫。我们会向一只大一点的蚂蚱之类的虫扑去。活脱脱一个纵情少年，却也格外小心，扑倒时双手作碗状，让虫子放在掌心，唯恐伤着它。

绿叶任我踩，芳香沐我足。那种恣意忘怀的情状《诗经》里就有记述，"溱与洧，方涣涣兮"，刚一放春，蛰伏已久的心灵已渴望飞扬。一群男孩女孩，走过田埂，来到河边，来到草地，带着健康温暖的气息，相互追逐嬉戏，执手相赠芍药，心灵一点也不设防。我们采摘的就不只是芍药了，路边的野花多的是。现如今到哪儿去找这样的草地呢？有好些宾馆等地也都会铺上地毯，佯装田野绿，可踩在上面诚惶诚恐的样子，一点也不踏实呢。城里倒有不少草坪，好看，怕也只是看看，不会让你在上面疯癫的。不信，你踩踩看。

没有草才好。让泥在脚丫子间冒出来，痒酥酥的，软绵绵的，那种惬意，不可名状。要不是有春风依着，微闭上眼，不倒下才怪。吧嗒吧嗒从田埂走过，有雨淅淅沥沥，各式野花别在田埂边上，美着呢，不无觊觎地在那枚脚印里打量着自己。"三月三日天气新，长安水边多丽人。"这爬在水印边的野花可不就是水边的"丽人"。芳樽饮雨，谁不醉。

村民们穿鞋，可哪个村民的鞋窝里没有些土，没有些泥。闲暇的时候拎起鞋子在地上磕磕，用手在鞋窝里抠抠，没有人觉得这样邋遢。庄户人说，他们一生离不开土，一时离不开土，庄户人用土养活自己。

记得我上大学那年，暑假回去见外公。走过一条田埂，外公坐在槐树下，旁边一石桌，泡壶茶，赤脚，吊根烟袋。外公见着我，哼一声，并没多言语，磕去烟灰，又径自装上一袋，猛吸。我自小是在外公家长大的。不知怎的，我那天见到外公的时候总是怯怯的，像一个怕生胆小的孩子，赤着脚一丁点一丁点地往后退。我那天没赤脚，我那天很"体面"地穿了一身西装、一双皮鞋、一双白袜。我自己把自己退到了一个死角。我不知道外公为什么不说话，我也不知道外公想什么。

想什么呢？

我有一种莫名的愧疚。搬进城里的时候，我把外公接来，想让他在我家住些日子。他只待了两天，说"过不惯"，走了，又回到乡下那老屋去了，种地，赤脚，晒太阳。这让我想起几年前的事来。省城一家报社要我去做记者。有一天，我突然发现我桌上有六只蚂蚁。一厂家做广告时送给编辑部每人一听饮料。我把

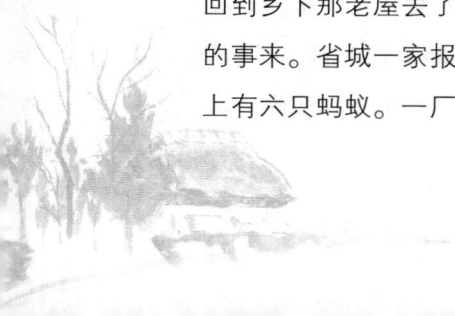

饮料放在桌子上，喝过杯底有一圈汁，就这一圈汁，引来了六只蚂蚁，从一楼到二十八楼。报社在二十八楼。那天我从二十八楼推开窗子向下看，目晕，胆战心惊。在这样的心境中，在那家报社我只是待了两个月便回来了。回来后我老是在想，为讨一杯羹，那六只蚂蚁干嘛非要爬到二十八楼呢？

近来写作时越来越迷茫，写来写去老是离不开乡土的东西，问题是有好些人对这样的东西并不感兴趣。跟同城一个极好的朋友说起时，他也面临着同样的困惑。我们同在农村长大，农村生活太熟悉了。应一家晚报约稿写专栏，有好友提醒我，晚报是给市民看，要多写市民生活。我想也是，可一入题便乡风扑面。奇了怪了。

我似乎明白外公在想些什么了，那一撮叫作乡土的东西，最养人。

四十三

田是由田埂管着的，一畦一畦的，也如邻里之间的墙。有田埂隔着，田地间倒也相安无事。你要是动田埂的歪脑筋，找它的事，那田埂是不乐意的，没准，它要是发起脾气来，有你受的。

秋老根就吃过田埂的亏。

水稻在田，正长着呢。缺肥。秋老五发话了，村上男女老少，积肥。

秋老根偷懒，不想到远处去打秧草，他就地取材，在田边的沟里挖了个积肥池子。这本不错的，不少村民都想到利用稻田边的沟做绿肥发酵池的。问题是你得有绿肥才是呀。秋老根没走远，就在田埂上转悠，用铁锹铲田埂上的草皮做绿肥，把周边的田埂都剃成了"光头"。

表层土被铲，田埂自然瘦了，窄。田埂上的马兰头、荠菜什么的也都被铲了，还有，田埂上茅草多，茅针正嫩呢，光秃秃的田埂，哪里还有它们的影子。秋老根铲过的田埂，我们钓黄鳝也不去。你想呀，黄鳝受了铲草皮的惊扰，洞口也叫破坏了，黄鳝还上什么钩呢？

更不可思议的是，看到秋老根如此投机取巧，不费大力，又挣了工分，有人便跟着学。有人找秋老五告状，田埂上的草动不得。秋老五正拿不定主意呢，这事传到了公社主任的耳朵里。哪知，公社干部却是个"昏君"，看过现场后，对秋老根却大加赞赏，并且让全公社人到秋李郢开现场会。秋李郢成了全公社积肥的典型，家前屋后青草全无，田埂杂草不见，干净漂亮。

秋老根就吃了这"干净漂亮"的亏。

那天是雨日，妇女插秧，男同志挑秧把。铲了草皮的田埂下雨天走路哪里好走，滑得很。秋老根在过一个缺口处，刚一迈右脚，左脚还没落地呢，一个仰巴叉，重重地摔倒在地。秧把散落一地，一身泥水不说，秋老根半天爬不起来，且在地上一个劲地喊"疼"。众人抬他，到医院一查，小腿骨折。秋老根三个月不能下床，近一年腿不能负重。

有人安慰秋老根，还好啦，要是田埂垫到腰上，脊椎受损，那后果。啧啧。

秋老根吓出了冷汗，后怕了。自己坦言，讨巧是吃亏的后门，"形象工程"害人，田埂上的草不该铲的！

跟秋老根比，秋老五亏算吃大了，是栽了跟头，田埂差点毁

了他的"政治前途"。

那年积肥，公社在秋李郢开现场会。秋老五自恃有头脑，觉得要在稻田埂上做点"文章"才是。他想着在田埂上铲一条标语。秋李郢人识字不多，铲字的事交给了记工员秋大先生。秋大先生念过两年私塾，识字并不多，属于半拉子知识分子。标语是"农业学大寨"。也不知是那"寨"字笔画多难铲，还是秋大先生根本就不会写那字而写了别字，他把"大寨"铲成了"大灾"。

"农业学大灾"，这还了得，现场会有了热点，抓住了话把子。现场会变成了批斗会。公社主任要求秋老五在现场会上作"深刻检讨"，并现场宣布队长暂时由记工员代理。后来得知，那字就是记工员秋大先生铲的，不出一周，秋老五才得以"官复原职"。

从那以后，秋李郢没有人再打田埂的主意了。田埂得以休养生息，又恢复了生机。

四十四

乡村是个舞台，村民是演员，演不同的角色，演自己。没有相同的角色，没有相同的演员，也没有相同的乡村，就像没有相同的人生。

庄稼不只是背景，收种庄稼也是这个"舞台"上的重要内容。

稻田也是一个舞台。自水稻活棵始，"舞者"在这个舞台上就没息脚。

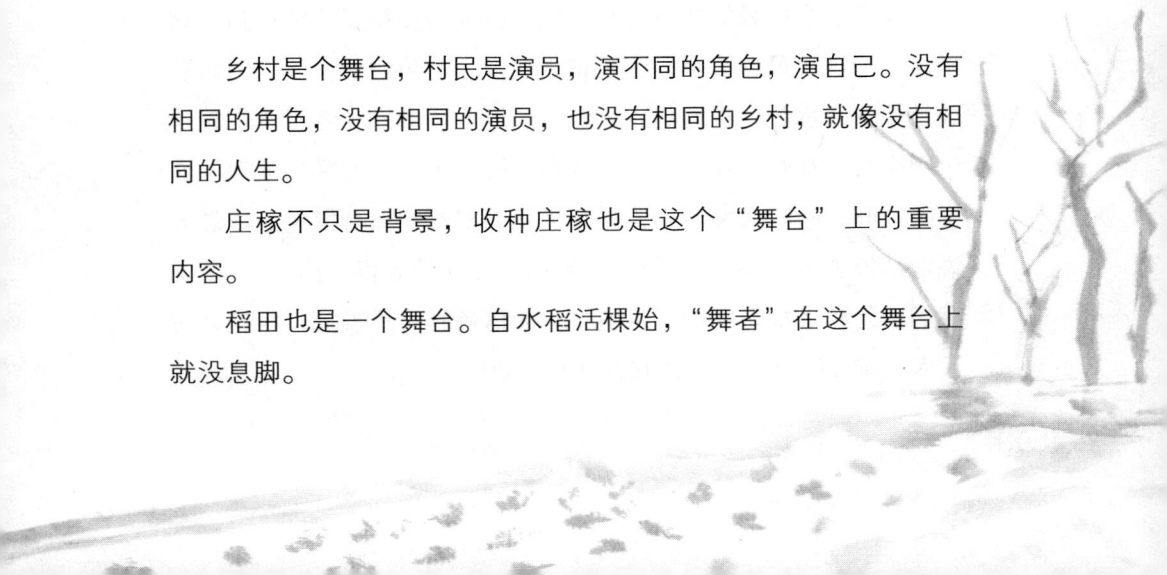

泥鳅是个天生的舞者。它身材不高，身体灵活，极为柔软。它跳的舞节奏欢快。最精彩处是它上下窜，且翻滚，从水底飞到水面，吐个泡，然后，尾巴打水，又飞也似地钻入水底。这种全身着地的舞蹈有点像街舞，你眼不盯紧是没法看清它所做的动作的。阴天或是向稻田里放新水的时候，泥鳅最欢。一块稻田里有数十个跳街舞的，那是有气场的。

泥鳅这样调皮我们懒得理它，让它撒欢便是。其实是逮它不易。它短，极滑，动作又敏捷，浅水处得用竹篮挖，或是双手小心地捧它。要哄，动作大一点它就跑了。再一想，食它肉少，杀它也难，罢。我们这样放纵它，也是舞者泥鳅在稻田里泛滥的原因之一。

水蛇是稻田里的"大S"，曲线一流，在舞者中无人能敌。特别是在水面游动时，不仅自己身材毕现，而且水面也是曲线成浪。

水蛇就盘踞在稻田里，让人恐惧。"青蛙要命蛇要饱"，歇后语是说各有所需的意思，却道出了水蛇的坏，它吃青蛙，在食物链的上端。青蛙是稻田的护花使者，专吃稻田害虫的。水蛇自然也成了村民的敌人。他们见水蛇就打，打头，打"七寸"。

死了的水蛇我们才敢拎它尾巴。我们拎在手里不停地抖。这样是为掩饰自己的恐惧，也是怕水蛇没死，再翘起头来。那天秋公社拎条死水蛇，猛地扔到秋老根的脚上。哪知秋老根本来就是个胆小鬼，那蛇冰凉，一下子缠到了脚脖子上，他哪里受得了这样的惊吓，哇哇大哭。一连好几天秋老根都是面有惧色。秋老五说他"掉魂了"，秋老根奶奶又到扔蛇处为秋老根"招魂"。虽说我们以为秋老根奶奶的"叫魂"有迷信色彩，不当真，但这之后没人再拿蛇开玩笑了。让它在舞台上折腾好了。

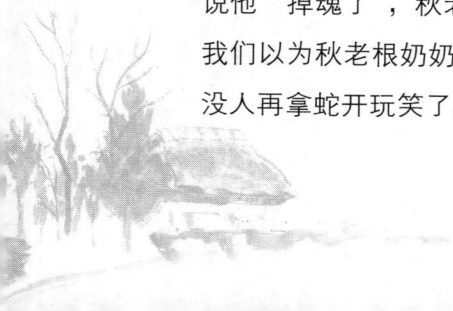

蚂蟥是稻田里的"小S"。蚂蟥是个小妖精，稻田有水处皆有蚂蟥。它那个小身段扭呀扭的，讨厌至极。

蚂蟥是地道的"吸血鬼"，瘆人。秧季里人们的腿遭罪了，叫它叮得千疮百孔。在田中央是没辙的，大不了捆它瘫软在田。没过一会，等它苏醒缓过神来，蚂蟥那小腰一扭一扭地又在水面漂走了。要是在田埂边上，要是手边有把锹，一定会把它斩首的，剁成两截。秋老五又说了，蚂蟥三条命，命硬，你要是把它剁成两截了，它就是两只蚂蟥了。秋老根胆子大，他对蚂蟥实施酷刑，用一细竹丝，从蚂蟥一头穿过，蚂蟥内外翻了个身，让它肚皮朝外。有时，秋老根还觉得不解恨，带一把干草，把蚂蟥放在火上烧，直至它蜷曲成团，直至火烧成灰，他方解恨。

稻田，为各式的舞者提供了舞台，也让我们的童年生活变得丰富多彩。

四十五

坐在那首古诗里听蛙，染了一身稻花香儿。

七八个星天外，两三点雨山前。这当儿蛙鸣响了才好，潮湿而空灵，星和雨是灯光和布景了，蛙是主角。呜哇——呜哇。一地蛙鸣。

蛙是稻田里的歌者。

千格篓窗散发出昏黄的光。一团火猛地一亮的当儿，我看见父亲蹲在地上吸烟。其时，妈妈也收拾好放在院内桌上的碗筷，从水缸里抱出冰了两天的西瓜。这是夏日夜晚最美好的时光。其实，这两天我哪里心安，不时地用手去摩挲那漂在缸里的西瓜，摁下，浮起，浮起，再摁下。西瓜真调皮。想着，等两天，就要剖瓜喽，不就两天嘛。这样的期盼让我无比喜悦。日子虽不富裕，却有了不尽的期待似的，过不了两天，父亲又会从瓜园抱个西瓜回来放进缸里了。

我的吃相夸张且贪婪，妈妈以指点我沾有瓜汁和瓜籽的额头："你从青州吃到通州喽。"她是在笑我，吃到青皮了，把瓜皮啃通了，啃出个洞来。妈妈留给父亲的那瓣瓜还在桌角放着，他是没吃。父亲站起，抬脚在鞋底磕去烟袋里的灰烬，拿出家里的那把算盘，盘算着今年能打出多少粮来。他在桌上一边敲，一边嘀咕："这蛙叫得多欢，今年是个丰年才是。"一乐，他用左手一划拉，每一个算盘珠子都跟着激动起来，父亲动情的样子，像是伏在钢琴上的乐手，极陶醉。

一地蛙鸣，又哪里只是蛙，伴奏的多呢。叫得响的要算蝈蝈了。有人说《诗经》里"喓喓草虫"发出"喓喓"声的"草虫"就是蝈蝈。汪曾祺说他们那里称蝈蝈"叫蛐子"，"这东西就会呱呱地叫，有时嫌它叫得太吵了，就在笼子上拍一下，它就大叫一声：'呱——'停止了"。我们那儿称蝈蝈"叫鸡游子"，只是大人没多少闲人养它，捉蝈蝈是我们小孩子的事。笼子是我们事先准备好了的，多半是玉米秸秆编的，也有用篾编的，拳头般大小，留一寸许小门。将笼子吊在檐下，比地里的蛙鸣真切多了，歌如夜露，我们才不会嫌它吵呢，巴不得它彻夜鸣唱。

北宋词人张耒在《鸣蛙赋》里说，人高兴了就要歌，蛙也是。南宋学者杨简《蛙乐赋》说蛙鸣"此断焉彼续，甲洪焉乙纤，各出其奇，互发其妙"：声音之妙，有如此不可以言道、不可以意传者乎！"蜃气为楼阁，蛙声作管弦"，心由境生，我倒是

喜欢乡夜里那片祥和而安宁的景象。

那天网上和很铁的哥们聊天，对方有一句没一句搭话，心不在焉的。我急了：是不是黏上哪个美女？且发过去一个脑袋上打着问号的小贴片。哥们住在另一个城市的城乡结合部。

"不是。"

"那你在干吗？"我不依不饶。

"我在听蛙。"

"听蛙？"晕。我立马来了精神，打开耳麦，把音响调到最大："呜哇——呜哇"，果然是蛙鸣！

只是蛙声也渐渐远去，当我背着行囊来到钢筋和混凝土浇灌的"他们的城市"，俨如一只不会鸣叫的蛙。因为，在我们的心上，也渐渐失去了那一撮温暖的乡土。

四十六

午季伤脸，稻季伤手。

收麦的时候天热，午季要抢，对脸照顾不周，一个季节下来，脸被晒得通红。午季之后，面嫩的都会脱一层皮的。稻季长，栽秧始，积肥、薅秧、割稻，样样离不开手，手在稻季可遭罪了。

指套是我见到的唯一一种稻季的护手品。

指套，塑胶质，肉色，有弹性，像医生做手术时戴的手套，只是这指套只有食指和中指上的一截。秧季手整日泡在水里，手上的皮肤纹理特别粗，没有血色，不忍卒视。因为栽秧戴指套不

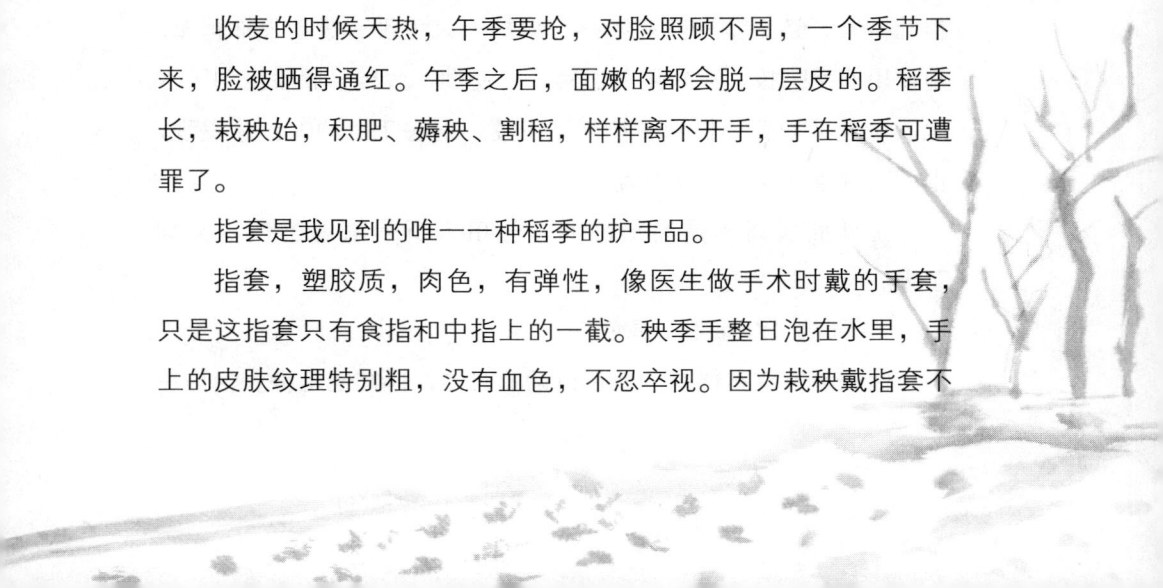

灵活，影响工效，戴指套的人便渐少。再后来，到供销社也买不到指套了。

偏偏那会常常搞"夺红旗"竞赛。秋李郢有一面"突击队"的红旗，简直成了秋老五手上的"令旗"，他指哪打哪。也真奇了怪了，为争那面旗，秋李郢人个个都不含糊，插秧时争、薅秧时争、割稻时也争，更不可理解的是，争到红旗者，连一分工也不加。争到红旗也就是将红旗插在他们劳动的稻田里。秋老五也会让村民们到田里看一下，跟"红旗手"照个面，像是现在有人得奖了要在台上照相合影、其他人跟着拍巴掌一样。秋老五扯起他那个公鸭嗓子喊：

"今天的'红旗手'是第一小组！"

好像秋老五的那一声破嗓子便是对得旗者最大的褒奖。

那天也怪秋老五过于自信，他是摸透了金桂脾气的呀。

薅秧其实不用争不用抢的，特别是对于稗子之类混在秧苗间的杂草，是要仔细加以分辨的，快不得。金桂和李三丫在相邻的两块田里薅秧，秋老五心血来潮了，把那面"突击队"的旗帜插到了田中间。你插就插吧，金桂她们是见怪不怪的了，总不能因为有旗了就只在田里趟浑水，见草不薅。也不知是那棵稗子大，根扎得紧，还是金桂实在护疼，金桂一只手没有拔动那株稗草。她便用双手去拔，哪知用力过猛，一使劲，金桂一屁股坐到了水里。金桂猛地将那株稗子扔向了田埂，洗去手上的泥，才发现，指间叫稗草划破了，鲜血直流。

金桂屁股落水是有动静的，一田人听得清清楚楚，笑翻了天。

"今天的'红旗手'是金……"

你秋老五宣布便是。他在讲话的时候，哪知他走神。恰巧在

这节骨眼上，金桂在理裤子。她显然觉得很难受，不想让裤子紧贴她的身子，便做了个马步，用手将裆部的裤子往外拉，哪知湿衣服又不听她的话，牢牢地贴她不放。秋老五那"桂"字还没出口呢，见金桂跟裆部的裤子较劲，便"噗嗤"笑出声来。金桂不好意思了，闹了个大红脸，她哪里好意思去扛那面旗。

"扛你大大个头！"

一田人因为金桂跟裤子过不去笑声刚息，听到金桂这么一说，又跟着笑了起来。再一看秋老五，捂着嘴，显然是想笑的，便惊忙着从口袋里摸烟，纵是这当儿他认为金桂说话不妥，估计他也发作不起来了。

金桂的手依旧血流不止。李三丫见状，掏出了手帕。金桂自是客气，看李三丫执意的样子，也就不再推辞，举起了右手。

指甲裂，掌心布满了纵横交错的血印，一层惨白的皮肤由于水的浸泡，皱巴巴地敷在手上，一蹭，仿佛就会掉下来。手很乖，就这么摊放在我们的面前，五指僵硬，伸不直，也不能自如地弯曲。血，顺着手上乱七八糟的纹路在走，原本惨白的手，因着血的浸染，有了点恐怖的味道。

凝视这双手，我们再也笑不出声了。

四十七

稻田有三宝：黄鳝、荸荠、臭蒲草。

秧母青，黄鳝便蠢蠢欲动。其时，我们还有一个重要的参数："臭蒲草一两寸，黄鳝往外挣。"秋李郢人都这么说。我们会看水沟边的臭蒲草发芽了没有，看它是否出水过寸。

臭蒲草过寸，黄鳝出，夜晚我们便到秧田边照黄鳝。马灯多，只是笨拙，散光。手电筒聚光，但费电池。秋公社有戴在头顶的灯，大亮，白光，黄鳝一目了然，根本不用低头紧盯水面。我们羡煞，后来知道那灯是矿上用的，是矿灯。夜晚黄鳝会出来觅食，爬在水里一动不动，看准了，用手抓它便是。其实是"钳"，拇指将其他三指拢住，让中指伸出，对准黄鳝身体中间位置，中指一收，钳牢便是。我们也将这动作叫"锁"。中指收缩得越紧，黄鳝便被"锁"得越牢，纵使黄鳝一身黏液，滑得很，它也动弹不得。

白天黄鳝就钻洞里了，洞也就在秧田埂边上。黄鳝洞四周光滑，痕迹可辨。找一根自行车轱辘上的钢条，磨尖，将尖在煤油灯上烧红，用钳子育出钩，钩上串半截蚯蚓，慢慢伸进洞内。闻到蚯蚓味，黄鳝便上钩了。黄鳝护疼，略有挣扎，便跟着钩子被拉出洞外。也常遇着老奸巨猾的大黄鳝，它咬钩不猛，我们便用手指在水里弹水，发出"嘟嘟"的水响，引它出洞，也奏效。

抓黄鳝给我们的童年生活增添了乐趣，黄鳝也是乡村饥馑岁月里上好的美食。此乃一宝。

相对于黄鳝，荸荠只能算是田野小吃。荸荠混杂在稻田里同样是致命的错。村民薅秧哪容得了这些杂草。

荸荠秧的形状是葱的缩微版，只是细长了些。上学或是放学时我们是不走正路的，寻秧田埂走，意在"葱"。见着荸荠秧，不能拔，用手从它根部连泥挖出，洗尽，荸荠现。虽说它只有小指头尖般大小，但它甜脆可口，依旧能让味蕾兴奋不已。

现在街上卖的荸荠怎么那么大。小时候我见着的荸荠莫不是野荸荠。谁知道呢。也是，现如今，水里、树上、田里的好些能

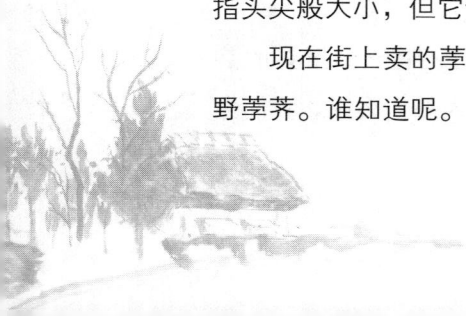

吃的东西，好像都被放大了许多。

臭蒲草是长在水沟里的。水沟是稻田的命脉，给稻田灌水排水，与稻田挨着。臭蒲草聪明得很，它选择的地方是对的。臭蒲草不妨碍水稻的生长，纵使草密满沟，也不会有人去割它。秋后，村民们用它织席、编蒲扇、当草烧。我们也叫它"蒲草"。就是，它清香翠绿，何"臭"之有？

臭蒲草是神奇之草。

用钢笔之后，我们会用笔在腕上画手表。秋公社画过双表，就是一只手"戴"一只表。后来有人讥笑他，手表哪有戴在右手上的。这一说，原本神采飞扬的秋公社，一下便蔫了许多。画手表浪费墨水，重要的是它一时是洗不掉的，回家后，手掌少不了妈妈的打："乌龟爪子！"

臭蒲草应运而生。一时间，用臭蒲草做手表在同学间非常流行。

折一根草，密密地绕成一只表盘，然后用另一根草绑在腕上。草手表比画手表要实在得多，毕竟是有表在手。它更神奇的地方在于，我们把草手表放在阳光底下，"见证奇迹的时刻到了"，草手表有"指针"在动！

后来明白了，那个晃来晃去的"指针"，是阳光反射的效果。

现如今，我戴过的手表不少，唯独那只草手表很难忘。忘不了的还有稻田三宝，还有给自己带来快乐的童年往事。

四十八

那天爱人说在"淘宝网"上"淘"了一物，让我猜是什么。我脱口而出："鱼！"

爱人一愣。

想想好笑，现在宅男、宅女们迷恋"淘宝网"，那是我们几十年前玩剩下的事了。

看爱人迷惑，我一下子清醒了。此网非彼网也。

想起赵本山演的《奥运火炬手》的小品：主持人做了一组打太极拳的动作让他猜，问是什么运动，赵本山也是脱口而出：打麻将。

笑煞。都是"太有生活"的人。

水稻靠水，稻田间纵横交错的水沟，是"网"。我们便在网里淘宝。

稻田三宝，有一"宝"臭蒲草便是在水沟里的。其实，水网里"宝"多着呢。黄鳝、荸荠自然有，还有螃蟹，鱼最多。

朝鱼壳子是"宝"，黑鱼锥子是"宝"，鲢鱼娃子也是"宝"，都是"宝宝级"的"宝"。想想也对，从夏到秋，时间短，且都是野鱼，哪里长得大。

秋李郢人真的是太有才了，他们能将这些"宝宝级"的"宝"重新命名。朝鱼肚子大，肉少，称它是"壳子"贴切得很。"朝鱼"就是鲫鱼。黑鱼细而长，说它"锥子"，自是生动形象。说鲢鱼是"娃子"不单指它小，还有象声味道。鲢鱼逮到

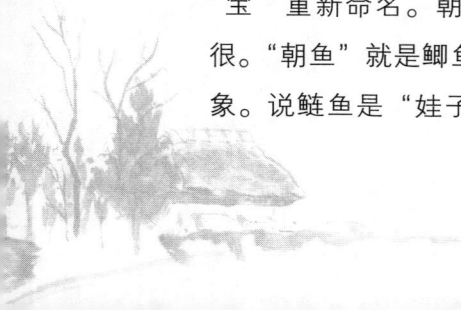

手，滑，挣扎时会发出声响，它会叫，类昂嗤鱼的声响，"娃"有孩子的哭声意。这些"宝"的后缀有趣得很，仿佛都是少儿版、卡通版的"网名"。

"淘鱼摸虾，耽误庄稼。"民谚是秋李郢人的"法律条款"。秋李郢人会听的。种地人不"耽误庄稼"才是正事。民谚是规范大人的，我们又不种庄稼，也没有课外作业，更没有书画班、钢琴班什么的，"淘鱼摸虾"也是我们的正事。

秋公社带的是鱼罩。鱼罩是由高近一米的篾片编成，底部有筛口大小，上口束篾如碟。罩到了鱼，鱼会"打罩"，在罩篾上撞，手便感觉到了，用手在罩内捉住便是。罩高，够不到底，淘鱼时我们多半带的是竹篮。竹篮淘鱼轻便，一手拎篮把，一手托篮底，在水里淘。有时，我们也会将沟一头扒开一个口子，用竹篮等着过水，让水流干，"竭泽而渔"。这样淘鱼的好处是小鱼小虾一锅端，只是费时得很，要是沟里的水多，放水是要费半天的时辰。

有时，我们也到稻茬田里淘宝。稻茬田里有深脚印，也有小水坑。扒开盖在脚印或小水坑上面的草，虾们原本只是在那一小口的水里静趴着的，听到动静了，个个跳。秋公社在稻茬田里还淘过一条黑鱼呢，有一斤多重。让我们羡慕了很长一段时间。秋公社逢人便说，那黑鱼就在那水汪里趴着，是他眼尖。黑鱼原本就黑，涂一层泥，有伪装色，黑色玩沉淀，定力好，一动不动。这以后我们再经过稻田的时候，有水汪了，我们都会仔细分辨一番，看看是不是有"潜伏"在此的"宝"。

水网密布，沟多着呢。直至秋后，水稻完全收割完了，沟干见底，我们仍然会拎只篮在"网"间转悠。见着的小草虾多，已死，泛红。我们仍不死心，捏几只放鼻子上闻闻，要是不臭，我们也会把它捡起来，回家淘净晒干，日后蒸酱干虾是上好的"搞头"。"臭鱼好吃，臭肉难闻"，何况秋李郢人一点也不排斥吃臭鱼臭虾的。要是看到有巴掌大的朝鱼或者有筷子长的黑鱼在沟里晒着，且已发腐，那我们就遗憾死了，一声叹息，定定地站一会，想着明年稻季之后，要到这沟里细细看看才是。

四十九

"嗨哟、嗨哟！"

"嗨哟、嗨哟！"

扁担弹起的瞬间，我们来给你唱支歌吧。只是一支，极短的词："嗨哟、嗨哟。"

号子在响。号子在排解挑稻汉子肩头沉重的压力。当承载着近两百斤的稻把的担子再次下压的时候，当扁担再次弯曲的时候，肩与脚一道，已前行了一步。号子，楔子一样打在扁担弹起与弯曲的缝隙里。

"嗨哟、嗨哟！"

"嗨哟、嗨哟！"

雨。雨把号子淋湿了。雨把地淋湿了。湿地不好走。挑稻把的汉子找不到号子的节奏，稻把像是一对睡熟的孩子，不欢快，不跳舞，不雀跃。他们走得极慢。稻子压在肩上，肩上的肌肉凹下去两寸，地下的湿泥陷下去半尺！

一地稻。男人拍拍扁担，没有吱声。男人向稻田走去了。肩在上，天在上。这一地的稻是他们一担一担挑回来的。顶天立地

的男子汉，立地是双脚，肩能扛起天！

经年的积压，肩头的肌肉很是发达，肩上最柔软处，却是异峰突起，隆起了两枚肉瘤。秋李郢的男人一点也不避讳这两枚肉瘤，他们在挑稻把中途息肩的时候，会把衬衫从肩头脱下，耷拉在膀弯处，把那两枚肉瘤亮出来。

其时，我便在村口放有茶摊的树下等他们。只有在他们坐下来的时候，我才能清晰地看到他们的肩的，才能看清楚他们肩上的那枚隆起的极具男性美的肉瘤。

那天，我试着去摸秋老五肩头的肉瘤，软软的，充满了血印。秋老五感觉有人在摸了，只是一瞬，那肉瘤一下子便精神了很多，一收缩，硬实了起来，青筋暴突的样子。那肉瘤好像很是听秋老五的使唤，原本软软地躺着休息的，叫它隆起就隆起了。有意思。我正笑呢，依旧对那枚肉瘤摩挲把玩，秋老六、金桂家的听到笑声都转过身来，齐刷刷把衬衫褪了去，个个都有一枚肉瘤！他们将肩稍稍缩起，像现在场上男子选美亮胸肌样的，个个肉瘤都来了精神。

在我仰视的角度里，那一枚枚肉瘤漂亮至极。

我下意识地用手摸摸自己的肩，心里惭愧死了，平平的，一点隆起的迹象也没有。更气人的是，秋老五还跟着嘟哝了一句：毛孩蛋子！你秋老五说了也就算了，却是叫别人听到了，一周人也跟着起哄，笑。

我一定尴尬透了。

回家后我把扁担扛在肩上。我妈挑水，在我妈息肩的时候我也试着去挑水，两只水桶呢，却是纹丝不动。最不争气的是，我会不时地去摸自己的肩。肩呢，平平的，还是平平的，连肉瘤的影子也没有。

这样的沮丧心情时不时地冒出来，伴随我好些年。

仰视那副肩，希望早日加入男人挑稻把的队伍。在树下息肩的当儿，我也褪去肩上的衬衫，或者干脆光着脊，把整个肩亮出来，让所有的人去惊叹我那副隆起的漂亮的肉瘤。

到如今，我的肩依旧是平平的。这是我的终生遗憾。

时隔经年，我只是在岁月的光亮中去仰视那副肩，那副饱经沧桑承载着生活重压的肩。

稻子交给肩了，粮食交给肩了，家也便踏实了。

有所担当，有所依靠，遮挡风雨，生活的重担，交给肩是对的。

在我仰视的高度里，不变的，是我对那副肩的敬重，还有，对水稻的敬重，对村民的敬重，对岁月的敬重。

五 十

"破命猜，破命猜，一口咬得血奶奶。"

"桃！"

"你说桃就是桃，只能站，不能摇。"

"桥！"

"你说桥就是桥——白缎子，黄轿子，里面坐个白胖子。"

"稻！"

"稻"字刚出口，我们便四散开去，各自躲藏；那个说"破命猜"的李三丫佯装闭眼，等她把眼睁开，原本围坐在她一周的孩子，已不见了踪影。

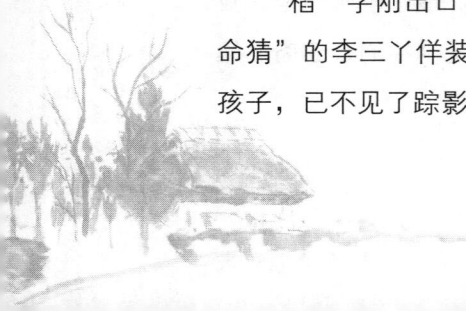

"破命猜"就是猜谜语，秋李郢的孩子却叫"破命猜"。莫非，这谜语里隐藏的不只是谜底？

是什么呢？

李三丫一边说"破命猜"的时候，我们也会跟着她的节奏拍手。等李三丫把谜面一说完，我们便齐声说"桃"或是"桥"。等她说"黄轿子"的时候，我们就有点走神了，眼向四周瞄，看哪里好藏身，所以，有的孩子"稻"字还没出口，便犯规"抢跑"了。估计他（她）早就盯到了一个好地方，唯恐被人抢占了去。

我们坐在高高的谷堆旁边，做游戏，猜谜语，躲猫猫。

"躲好了吗？"——"躲好了吗？"

"躲——好——了。"

李三丫假装没听清楚，故意问两遍，其实，她是在顺着声音分辨我们都藏在什么地方的。我们拖长音细声细调地回。哪知我们是上当了的，听声音判断，李三丫当然会知道我们躲藏在哪里的了。稻草堆后面有，碌碡后面有。公社明明是躲在稻堆后面的，可李三丫就是寻他不着。她都围着稻堆转了一周了的呀，细听，有脚步响。李三丫明白了，公社并没有猫着不动，他只是瞄着李三丫在转。李三丫鬼精，故意加快步伐，然后，一个急转身，向相反的方向跑去。公社哪里知道李三丫来这一手，相向而跑，猛地撞了个满怀。

一团笑。

秋老根藏得深，李三丫骂他是"阴死鬼"。她是实在寻他不着了，急嚷"不找了不找了"。听到"不找了"，秋老根把嗓子掐住，学鸡叫。寻"鸡"而去，还是不见秋老根的影子。人呢。奇了怪了。李三丫赌气样地在稻草上直跺脚，正欲发作呢，哪知一

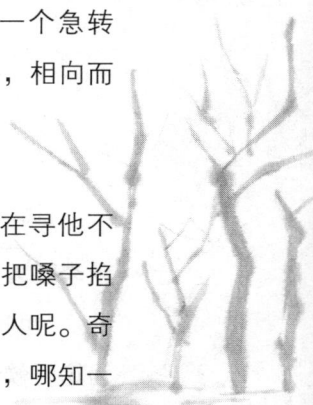

脚踩了个软绵绵的东西，吓她一跳。是秋老根。他用稻草盖在自
己身上！李三丫哪里找得着呢。

月华如水，谷香浓郁，蛙鸣，蛐蛐一叫，满野不知名的虫子
都跟着起哄。那淡淡的雾气，裹挟着丹桂的气息，稻的气息，你
分不清这香味是从什么地方飘散开的，莫非，那月宫的桂香也溢
得满场都是。

128

"老根喳"——"公社喳"——

"三丫喳"——

直到家人唤归，我们才恋恋不舍地离开稻堆，离开乡场，
回家。

"三丫喳"——这又是哪一年了呢？三丫回家之后就再也没
有出来。是三丫自己不愿意出来，要么是三丫妈唤她回后不让她
出来。三丫妈也真是的！

高高的谷堆还在。月还在。三丫，你躲在哪呢？

游戏结束。三丫长大了，我们也都长大了。

"破命猜，破命猜"，童谣如谜，童年如谜，那里面隐藏着
的，是童年的快乐和美好，也有少年的小小幻想，小小烦恼。

五十一

秋后，入冬，农闲了，庄稼地里的事少，队里的事就少了。
秋李郢人却是闲不下来的。他们拾粪，拾草，也拾粮。

"也拾粮"，我这样说显得有些底气不足，有暧昧的味道，因
为这时候再去打地里粮食的主意，显然是不合时宜的。

粪，地上有，明摆着的，起得早就行。拾粪是秋李郢人早晨的"必修课"。拾草也多是拾收割过的庄稼的根。绿豆根，黄豆根，稻根，我们也拾茅草根、巴根草根的。玉米根最好，我们也叫它"玉米疙瘩"，大。只是拾它要费事些，根多埋在地里，要刨，根上泥多，刨出来以后，要在锄柄或是草耙柄上反复地敲打，尽可能地磕尽根上的泥才好。秋收已过，稻地里的稻先是叫人拾过几遍，放猪的也将猪在里面放过，放鸭、放鹅的也来过，这时候想在稻地里寻一粒稻都不易。农闲时拾粮，哪里是一个"难"字了得。

地里淘花生，与电影里看过的用筛子淘金的镜头好有一比。

种花生的地是沙土地，入冬之后的沙土地松软得很。地里总会有花生的。金桂她们便想着用筛子筛土。她们两人一组，用木棍将筛子架起，挨挨地将地里的沙土撮到筛子里筛。沙土从筛子里下来了，最后剩下的多是小花生果。小花生果就是没有成熟的花生，因其嫩，有水分，且有淡淡的甜味，我们也会将这些豆粒大的"小果子"放入口中吃的。多半的时候，她们会将这些花生果聚集起来，回家喂猪。当然，半天下来，她们也会筛到三四斤花生的。

粮食如金。

秋老根是放猪的。那会家家有一头或是两头猪，队上便让人将这些猪集中起来放养，村民也好有时间到地里干活。放猪了，秋老根吹着口哨，猪像是训练好似的，听到口哨响，便扬起蹶子往外跑。你是不明白为什么哨声之后，也有几个人是悄悄地跟在秋老根后面的。

秋老根放猪是有经验的。他专挑山芋地里放。虽说山芋地叫耕过了，有的甚至也叫操过了，耕过了两遍，但地里总会有潜伏

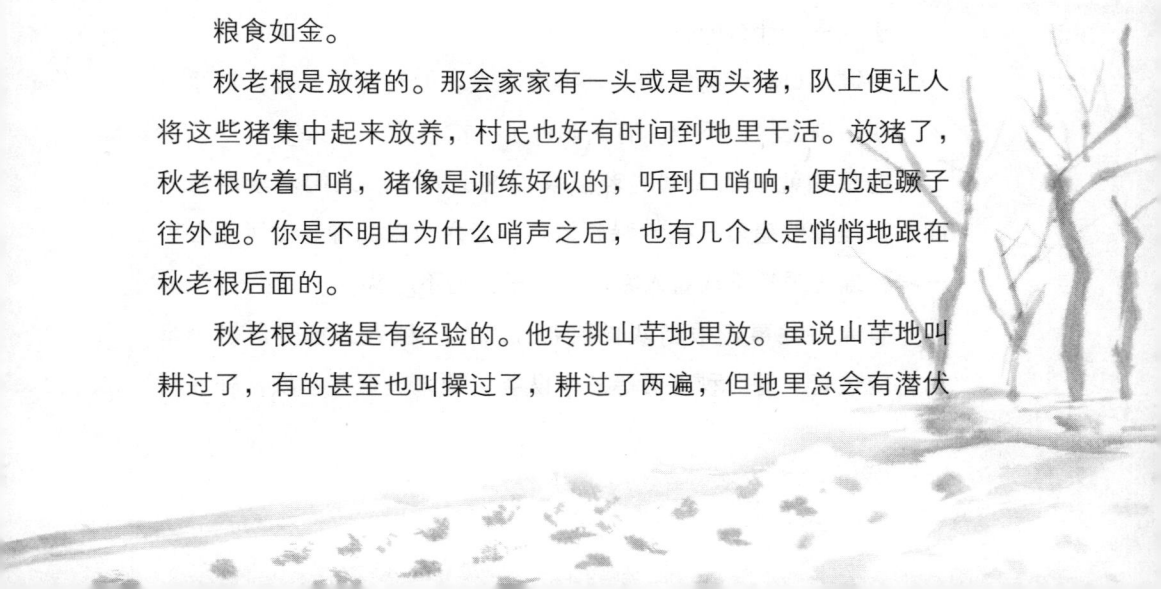

深的山芋。猪到山芋地之后，是挨挨地在地里拱。秋老根的"跟随者"也眼盯着猪。猪拱出的一些山芋茎、小山芋什么的，便有滋有味地嚼着，"跟随者"并不理会，只是看它。要是看到有猪拱出了一个"大家伙"，眼捷腿快的"跟随者"便猛地冲上前去，伸手去掴猪嘴。猪哪里肯轻易放下，多半是咬上一口。哪怕只是这大半只山芋，"跟随者"也会夺它在手，擦去山芋上的黏液，回家削去叫猪咬过的地方，充当粮食。"瓜菜半年粮。"毕竟，山芋比"瓜菜"要实在得多。

如果说"猪口夺食"是件不体面的事，那"鼠窝觅食"听起来似乎有点心酸，简直就是见不得人的事。

鼠窃狗偷，老鼠是个坏东西，一辈子专做偷鸡摸狗的事，专做偷粮的事。不会有人想到，有人还专打老鼠的主意，去偷老鼠家的粮。

人有家，鼠有窝。老鼠会把偷来的粮食储存起来，放在窝里。

李老六天天神出鬼没的叫人生疑，背个口袋，且身上老是有新鲜的土。有人看到口袋里有柄，有手锹，且出去时口袋是空的，回来时口袋里就有"货"了。

李六是干什么的呢？

手锹，口袋，新鲜的土，神出鬼没。似有所悟。有人以手示人，四指刨土状，不语。有人明白了：挖墓的。

挖墓的就是挖人家的老祖坟，这是大忌。人们对李老六不屑，甚至像躲瘟疫一样地躲着他。秋老六也真的像是做了亏心事一样，连正眼都不敢看人家，在村子里抬不起头。

有人将此事汇报到队长秋老五那里，秋老五觉得这是个事情，应该管一管。秋老五等三个队委会的人员聚在一块，守在村

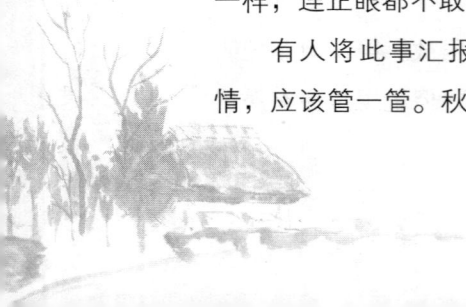

口，准备将李老六抓个现行。

那天，李老六口袋很沉，"货"一定很多。见到秋老五他们，李老六就想着避开。秋老五等哪里能让他逃跑，三人上去就抢李老六的口袋。打开一看，是小半口袋的伴有黑色泥土的杂粮。花生、玉米、米，水稻居多。明白了。这都是李老六从老鼠窝里挖出来的。

惊愕。无语。

据说，李老六的身后，又有"跟随者"了。

要么是真的没有，要么是这些"跟随者"潜伏得太深。总之，我是不知道"跟随者"姓甚名谁的。

据说罢了，不知真假。

五十二

春日雨多，风景好。风景又不能当饭吃。春深，正是青黄不接的时候，饥肠辘辘，这时候有半碗饭出现，无疑是一件不大不小的事。

"赶春"的是一对浙江夫妻，他们到我们那里放蜜蜂。赶春是要转场的，撵花走。估计秋李郢四周花不多了，他们要到别处槐树多的地方去。这半碗饭便是那对夫妻留下来的。

秋李郢四周树多，开花的树自然也多，也偶有外地人到此放蜜蜂。

恰巧赶春者转场的时候下起了小雨，地上湿滑。浙江人租的汽车已到了放蜂箱的地方，且浙江人已将蜂箱装上了车。偏远的小村来了辆汽车是件稀罕物，好些孩子都是闻着汽油的芳香而来的。他们说汽油味好闻，他们没有闻过汽油味。村民们也有这么说的。来看汽车的人很多。浙江人客气得很，挨个地递烟。后来我明白了，由于地上湿滑，汽车停靠的地方是一片塘埂，离路有一个上坡，车子根本上不去。浙江人央求村民为他推车。秋李郢人也很热情，个个伸出援手。我根本钻不进人群，就站在秋老六的后面，推秋老六的后腰。

推车新奇又好玩。大家使出了浑身的力。等汽车上了路，塘埂宽阔了许多，一转眼，人们发现，塘埂边树枝上，搁着半块破旧蜂箱盖的木板，那半碗米饭就倒在那木板上，那半碗饭的上面，竟然还有几片肉！

显然，这是浙江人吃剩下来的。或许他们也觉得倒在地上不妥，便倒在了树上的一块木板上。

我分明看见有好些村民盯着那半碗饭看，盯着那几片肉看。他们并没有立时移动脚步，都没有立时离开。

小雨还在下。

由于雨淋，饭上的那几片肉已变得很惨白。

半碗饭。几片肉。村民们逡巡的眼光我没有办法忘记。

珍爱粮食，珍爱米，那是个缺粮的岁月。粮贵如金。那会没有冰箱，隔宿的米饭会馊。馊了的米饭妈妈也不会倒掉。秋李郢没有人家会将馊了的米饭倒掉的。通行的做法是将馊米饭淘一下，放上盐炒了吃。何况这是半碗没有馊的米饭，何况米饭上面还有肉。我们想不到去羡慕浙江放蜂人的富有，我们在感叹那半碗米饭被倒掉被糟蹋了揪心。

谁都想把那半碗米饭拿回家。众目睽睽之下，谁又下得了手呢。

烟蒙蒙，雨蒙蒙，那一天好些秋李郢人也是心情不开，跟着纠结。那半块木板上，有半碗米饭，米饭上有几片肉。

夜至。

夜把什么都掩盖了。

第二天，有人发现，塘边木板上的那半碗米饭没有了！

一同没有的还有米饭上的那几片肉，还有那半块木板。

又有人发现，那树下有好几串脚印。塘边平日少有人去。

是谁把那半碗米饭"偷"回家了呢？还有那几片肉，那几片叫雨淋得惨白惨白的肉。

先下手的那位很是庆幸？后来者呢，他们懊恼和失望？无法想象。

总之，那半碗米饭，那米饭上的几片肉，在夜里没有了。

夜一定知道。夜不说。

夜很黑。夜里有梦。

黑夜如梦。

五十三

"等这季稻收下来就好了。"

我妈常常这么唠叨着，仿佛新稻能让每一个日子都金光灿烂。她这么唠叨有自言自语的成分，充满了期待和向往，也是在安慰我，同时，也给她无可奈何的不安以些许心灵的安抚和救赎。

还不是因为那半块锅巴。

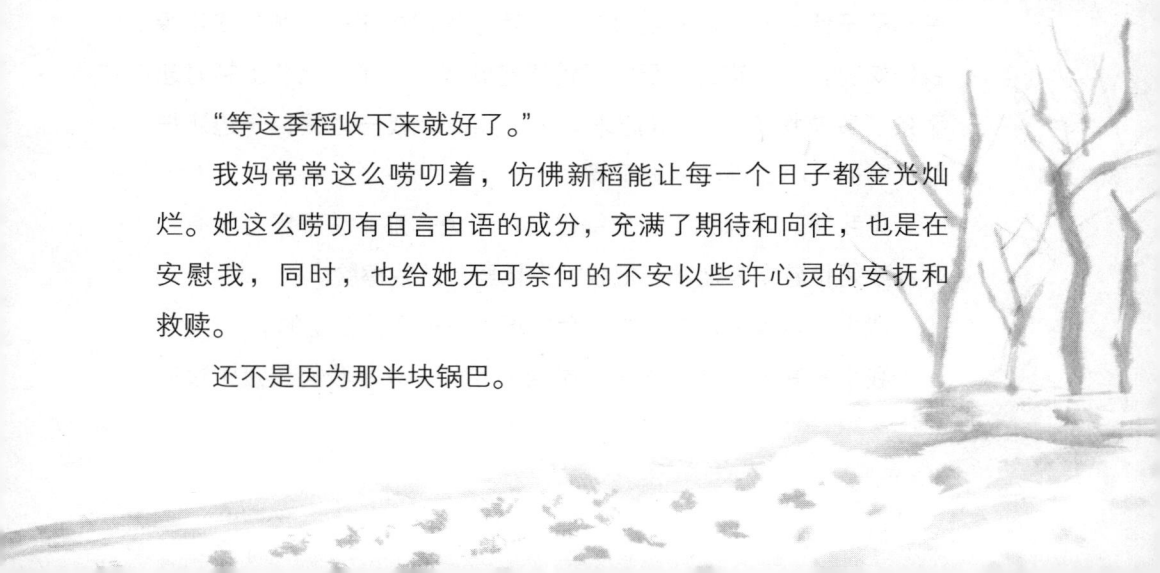

麦在地，秧在田，正是青黄不接的时候。救济粮又不是人人都有的。家家缺粮。

我小叔跟我们家过。父亲下放，他在油坊做会计。母亲为队里缝衣服计工分。地里的农活主要靠我小叔。

"一喝呼呼响，一吸两条沟。"稀饭能当镜子照。这时候有块锅巴吃，那喝稀饭的动静都成了吃锅巴这大典前的礼乐了。

我妈说我是"馋猫鼻子尖"。喝稀饭时我就闻着哪里有锅巴香味了的。在我妈到锅屋盛饭的时候，我便四下瞄。家堂上，没有；竹筛里，没有；笆斗上，没有。

我妈回。在她又去盛饭的时候，我依旧没有放弃寻找。

土瓮里，没有；大匾里，没有。

香味缭绕，是锅巴的香味。

我终于在家堂边的抽屉里找到了那半块锅巴！

家堂是放在正屋墙下的一条案几，上面放有香案，也供有祖先的照片，也有在家堂上放杂物的。家堂两端有抽屉。

我妈盛饭回来的时候我妹妹正在追打我。我哪里肯给她呢。"这是我找到的。"我振振有词。

看到眼前的情景，我妈明白了一切。她几乎是直奔我而来，举起筷子便要打我。我妈只是想打我拿锅巴的手的。哪知我正躲我妹妹呢，一个猫身，那筷子恰巧打到我脸上了。我脸上顿时起了条"黄花楞子"，红肿起来。纵是如此，我一边哭，一边还把那仅剩的一小口锅巴塞进了嘴里。

见我哭，妹妹也不追要锅巴了，再说，那半块锅巴也没有了呀。我妈忙着拿来盐水，把我抱在怀里，给我擦脸。

我小叔也看不过去，抱怨我妈跟小孩子争什么吃的。

我小叔知道，那半块锅巴是给他吃的。只是我妈还没忙过来

呢，晚上的时候，她会想着把那半块锅巴放在碗里用水泡，胀过之后，第二天一早，炒半锅饭给我小叔吃。白天的时候，我小叔下地做农活，只喝稀饭哪里行呢。我妈每天早上，都会让我小叔吃点干的才能下地干活的。有时是半块饼，有时用玉米粉在稀饭锅里做几块水饼，有时，便把锅巴藏起来，每天早上把胀好的半块锅巴，炒饭给我小叔吃。

135

"等这季稻收下来就好了。"我奶说。我妈也跟着说。哪知，我奶说过之后看我流泪不止，她也跟着流起泪来。我妈原本是要去涮锅的，看我奶哭了，她也撩起了蓝围裙。显然，我妈也哭了。

就是因为那半块锅巴。

其实，锅巴哪有错。

是谁错了呢？

"等这季稻收下来就好了。"对错没有评说。我妈只是这么希望，秋天收获的季节早点到来，丰衣足食的日子能天天跟着我们走。

五十四

秋李郢人都叫它"大印"，这也确实是我见到的最大的印。

大印，木制，厚盈寸，长近尺，宽过双掌。阴文，制两字，曰"公平"。这两字秋李郢人个个认得，虽说村里人大多数是文盲。

"公平"字大如拳，肥硕，稍扁平，有苏东坡字的范儿，周正得很。特别是那"公"字，上"八"字分得清清楚楚，类孙中山"天下为公"那"公"字体。以至于直到现在，我每每看到"天下为公"时，盯着"公"字不放，眼前便幻化出印上那"公平"两字来，想起了那一段系在印把子上的乡间岁月。

印盖纸，大印却是盖在粮食上的。盖麦，盖玉米，盖黄豆，盖稻。

粮出库，或是分粮食的时候，盖在粮食上的印记要毁掉了，李老二便屁颠屁颠地赶到现场，见证原先盖的印是否完好。其实，动粮的时候，队长秋老五已差人通知李老二了。李老二来了，看过印记完好，也就证明保管员的清白了：粮食没人动过。

说李老二"屁颠屁颠"并无贬义，实在是因为他腿不方便的真实"写照"。那年他当水稻管水员的时候，与前进队的管水员发生摩擦，被殴至瘸。算是因公受伤，队长便给了他掌印的美差。

过去李老二是把印拴在裤带上的。那天抢场，眼看要下雨，场上的粮食要加草上盖，就等李老二来盖印。队长秋老五拿起铁皮喇叭就喊：

"盖印喽！"

"李老二盖印喽！"

事急也。全村人都听到了喊声。李老二正在茅房呢，听到喊声提起裤子就往场上跑。平时看他倒也好，瘸，他尽可能走得慢点，幅度不大，还算斯文。他跑时动作就夸张了，右腿一撇，左腿像跌进一个坑里似的，再看拴在裤带上的印呢，弹得老高，然后，又重重地拍在他的屁股上。如此折腾，裤带受不了啦。要么，也怪李老二走得急裤带没系好。眼看要到场边上了，一场人在看着李老二呢，李老二屁股后的那印，"哗啦"一下子掉了，

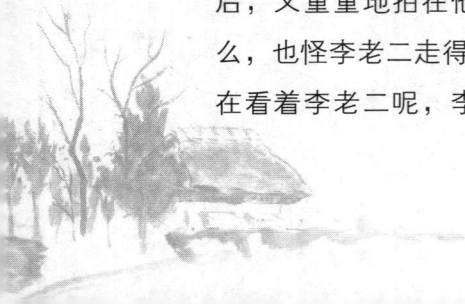

是扯着李老二的裤子一起落地的。

李老二出丑了。

一场人笑翻了天。

自打那次"走光"之后，李老二长了记性，便把那印拴在腰带上了。

稻登场，李老二便不离场了，自然，那印也是不离身的。晒稻之前，李老二要察看一番，看他印的印记有没有人动过，怕有人打粮食的主意。印记被毁也是常有的事，李老二并不惊慌，也不急着报给队长，他得自己仔细分辨一番。结果往往是猫踩的，或是狗踩的，也有孩子"失脚"不小心踩上去的。

傍晚，稻成堆，高过人头，李老二瘸着个腿，是如何挨挨地在稻堆上盖印的呢？李老二也自有经验。他让村民把稻堆成尖，他自己只消把稻最下口处做个边，在边上盖满"公平"便是。想想也对，下面的粮食你自然动不得，一动那印不就毁了嘛。上面的稻更动不得，一动稻便塌了下来，有凹印不说，滑落的稻子自然也将底下的印给盖了。

"公平"自在心中，李老二整日忙着为粮食盖印，叫秋李郢人无比欣慰的是，那印却都是"白"盖了。因为秋李郢人就没有人去偷乡场上的粮食或是仓库里的粮食的。倒是整日拴在李老二腰带上的那枚印，整日"屁颠屁颠"夸张的样子，叫我至今发噱。

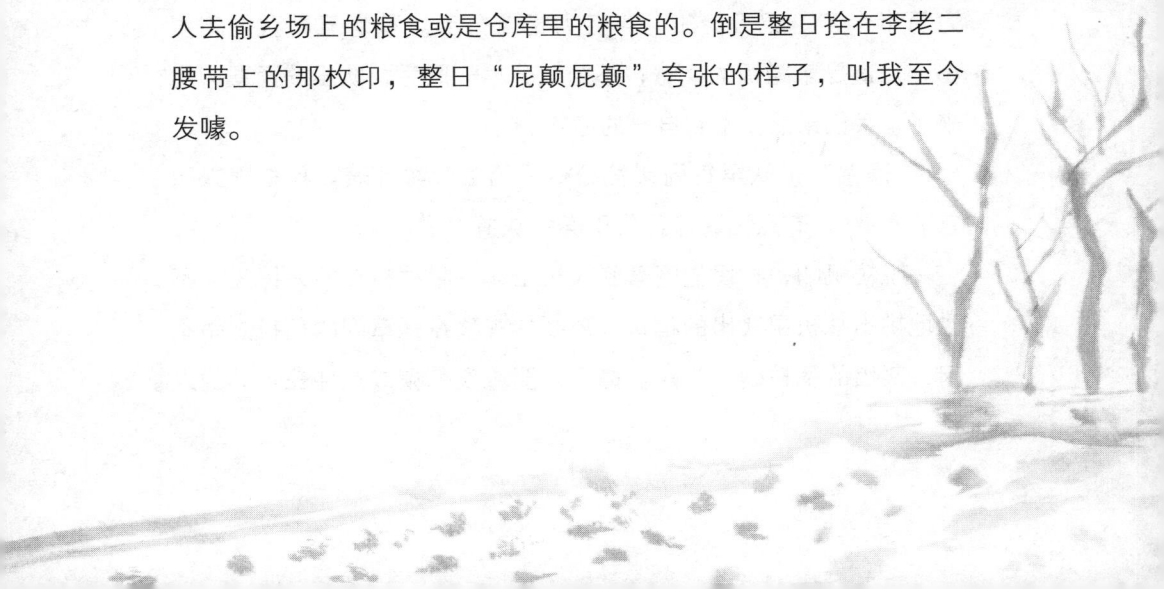

五十五

我是禁不住米香的诱惑的。我妈说我是"馋猫"。

秋李郢的孩子，个个都是馋猫。

秋李郢的秋老五分明是个"坏种"。他把脱粒的"夜顿子"放在了子夜时分。夜顿子是煮新米饭的。这让我们这些"猫"们气坏了。

一日三餐之外，要是另有用餐，秋李郢人有说辞。近晌叫"早茶"，傍晚叫"晚茶"，夜里用餐就叫"夜顿子"。

你气你的，纵是"坏种"我们也只能搁心里骂。见着秋老五的时候，我们还是会满脸堆笑，很响地叫"五爷好"。

队长秋老五在家排行第五。我们叫他"五爷"，暗地里"猫"们也有叫他"坏种"的。

我们搁心里骂他坏，不只是"夜顿子"太"夜"了，还有就是不给我们工分，白干。村民们晚上给稻脱粒是有工分的。整劳力算半个工，记五分工，半劳力记二分半。秋老五看我们年岁小，知道是来蹭饭的，嚷，不给工分！一周后，队里的通票印出来了，我们果然找不到自己的名字。

"通票"是队里每周印发给村民的工分统计表。秋李郢人叫它"通票"，有点旧时流通代用券的味道。

脱粒机响，村民们围着脱粒机工作。脱粒机口两人撑叉，不时地挑出从机里飞出的稻草，还要抖去裹在稻草间的稻粒。手不闲，飞出的稻粒砸人生疼。撑叉人要戴顶草帽或是斗笠。其他人

专侍喂机，就是把乡场上的稻把运到脱粒机旁，传给喂机人。

我们混在这些传送稻把的队伍里。秋老五不准我们动叉。村民们也不允，说是我们拿不动叉，其实是怕不安全。我们只好抱稻把，一次抱得并不多。秋老五常笑我们抱得少，说给脱粒机"点咽喉都不够"。

我们又气，搁心里再骂一遍他是"坏种"便是。

虽说我们抱稻把不多，但小腿跑得还是挺快的，频次不低。机响，人乏，渐次没力，哪里能熬到十二点，我们多半便倒在草堆根睡着了。

我们这样"无私奉献"着并没有讨秋老五他们的好，他们对我们也没有好声腔。机息，说不清是叫嘈杂的人声惊醒的，还是被人叫醒的，总之，我们揉揉眼睛之后，跟着人群撒腿便跑。

一路敲碗响，开饭了。一锅米饭，一大锅纯白的新大米米饭。一村香！

自带碗。我带的蓝边瓷花碗。这种瓷花碗比现在超市里卖的碗要大得多。秋老根带的是搪瓷碗，搪瓷碗比我的瓷花碗大多了。秋老二的饭碗最大，是一只小黄盆。秋老二的饭量大，这是他在家吃饭的碗。据说，他一顿能喝两小盆粥。

面对这杂式多样的碗，小碗见大碗，带蓝边瓷花碗的村民像是吃了亏。不过，秋公社向我面授过计谋：第一碗不要盛得太满，第二碗下手就要狠了，堆尖了才是，要是你傻乎乎的一开始盛满满的一碗，等你一口一口吃完，再一看，没准也锅底朝天，没饭了。

吃夜顿子常常是"民多饭少"。

我没有理会秋公社的盛饭"诀窍"，只是记得这一碗盛得要堆尖。堆尖吃饭时出丑了。公社笑："鼻眼吃饭了。"我一摸，鼻尖沾了米粒，立马手一抹放入口中。再一抬头看公社，还笑我呢，他倒好，眉毛上都沾了米粒。他盛的米饭比我盛的米饭堆得还尖，低头吃饭，米粒哪里是碰鼻，是沾眉！

米香难敌。现如今，我饭量大，肠胃不好，怕是小时我的胃被过度、过早拓展所致。

我妈也常提起我那时夜里蹭饭的事，她感慨"你五爷是个好人啊"。原来，开饭时，五爷都会让所有的人到场上草堆根等处细细寻人，一个不落，都是秋李郢的孩子，半夜了，得让他们都吃顿饱饭回家。

我听了心里酸酸的，不再觉得秋老五是个"坏种"。

五十六

葫芦一剖两半为瓢。放在缸里舀水的叫"水瓢"，放在土瓮或是米缸里撮米的是"干瓢"。

秋李郢人每年春上会想着在院内搭个架，架下种两株葫芦。葫芦"泼皮"得很，枝蔓满院，有时一棵也能把院子爬得满满的，果实累累，挂在院内，也好看。秋李郢人种葫芦不是看的。嫩葫芦做菜、烧汤，要吃一个夏天的。秋李郢人会记着留几只品相好、长相匀称、个头大的葫芦留种的。葫芦老，剖开，种子留不了几粒，这剖开的瓢派上用场了。也有将细长的葫芦嘴锯掉的，掏去种子，然后用锯掉的葫芦嘴做盖，用线将葫芦和盖拴起来，挂在檐下。这葫芦里多半装的是各式的豆种。我外公也用这种带吊盖的葫芦装过烟叶末。

金桂当然知道，这葫芦是有大小的，瓢自然也就有大小。各家的瓢大小也不一样。也怪金桂没记性，她借米用的是自己家的瓢呢，还是公社家的瓢？

那天金桂的一个远房表叔来。春末，青黄不接的时候，"地主家也没有余粮呀"。这为难了金桂，摸摸米缸，空的。金桂心里慌了。她又是个死要面子的人，唯恐怠慢了客人，便硬着头皮外出借米。村里哪家是"肉头户"她是知道的。果然，没出三家，金桂便在公社家借到一瓢米了。

公社妈也是精细之人。她看金桂只是带了笨拙的带釉的黄面盆，便用自己家的瓢撮了一瓢米给金桂。

"一瓢米。"

"呵呵。"

公社妈并不想再多借米给金桂，估计她家也不会有更多的米的。她这"一瓢米"说得这么清楚响亮，有只借你"一瓢米"的意思，也是在提醒金桂，我借给你"一瓢米"了，断不可忘了的呀，金桂也没好意思再开口。一瓢米也能煮出几碗饭来，招待客人自然是够了的，面子上过得去了，前两家不是都"不好意思"了嘛。所以，金桂便"呵呵"支吾了一下，打个"哈哈"也算过去了。就是从公社妈的言辞和表情上金桂看出了她心里装点什么，金桂根本不会往心里去，感激还来不及呢。

金桂盼望稻季早点到来，因为她记得，还差公社家一瓢米呢。

新米终于下来了！

"你家吃吧，不就一瓢米嘛！"

公社妈有点假客气，"你家吃吧"便是不认还，时隔几个月了，那你还怎么一口就报出"不就一瓢米嘛"的呢，莫不是心里时时记着的。

"啊呀，啊呀"，金桂支支吾吾的，一向能说会道的她倒是口拙了起来。

自是一番客套。

再一看金桂，端着簸箕，簸箕里除了堆尖的一瓢米之外，还有半瓢米是散放在簸箕里的。

公社妈看到金桂还米时已端出一只小篾米箩来。金桂看公社妈米箩里没瓢，她将自己簸箕里那堆尖的一瓢倒进米箩之后，又将簸箕里的半瓢米倒进了米箩。还不待公社妈反应过来，金桂已一手拎着簸箕，一手拿瓢走了。

公社妈倒是左不是右不是了。她心里清楚，金桂借米时用的是自家的瓢，金桂还米时用的是金桂家的瓢了。金桂家瓢大，她自家瓢小。金桂是个没心菩萨，她哪里记得借米时用的是哪家的瓢呢，又怕公社家的瓢比自己家的瓢大，所以，她最后干脆把那半瓢米一股脑地倒进了公社妈家的米箩。如此说来，这金桂借的是一瓢米，还的却有两瓢米。虽说公社妈平日里"小九九"敲的是"嗒嗒"地响，过日子精打细算，不走一点字儿，可遇到金桂还米的事，她还是有分寸的。这个便宜贪不得。也就是脚跟脚的事，自然，公社妈又把那多还的一瓢米还给了金桂家。

又是一番客套。不述。

借米在秋李郢是常有之事。不还米，不常有。借多还少，不常有（就是用大瓢借用小瓢还不常有）。后来我知道了，为消除记忆差错，搞不清借米时用的是哪家的瓢，是大瓢还是小瓢，秋李郢人自有妙法，就是在还米的时候，先把自家的瓢装满，然后，在簸箕里多放半瓢米。

这半瓢米让我心生敬意。

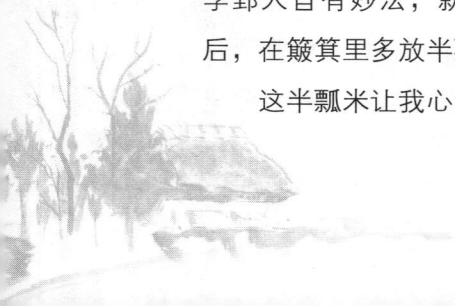

饥岁荒年，粮贵如金，比金子还要珍贵的，是秋李郢人彼此间的真诚。

五十七

下放那年，我们家没有房子，秋李郢人给了我们家很好的关照，腾出了两间牛房给我们家住。虽说牛房有股难闻的骚味，地面没有一点平整之处，雨日屋顶还漏雨，父亲依然很是感激。队里还安排了一份很不错的工作给父亲，让他到队里的油坊当会计。

后来"落实政策"，父亲被安排到一座电灌站工作。我跟妈妈以及兄妹五个人还住在秋李郢。其实，父亲也就是给工人烧饭，当炊事员。尽管这不是一份很体面的工作，父亲还是十分珍惜。一个月毕竟有二十九块五毛的工资了，一家六口人的生活有了些依靠。父亲吃"供应"，一个月有三十一斤的米。"一天吃一两，饿不到司务长。一天吃一钱，饿不到炊事员"，当时社会上流传的话也不无道理。司务长是管食堂的"官员"。又有言，"现官不如现管"，想必炊事员比司务长还要有"油水"。父亲饭量小，加之自己又摊上了个实惠的差事，每个月供应的米吃不完，有结余。几个月下来，积聚了半袋子米，估计有三十多斤。

这三十多斤的米带回家，烧粥，或者掺些山芋、胡萝卜、青菜什么的煮饭，可以吃上一阵子了。想着这些，父亲甚至感到好日子有了盼头，一时兴起，竟不自觉地唱起了歌来。"临行喝妈一碗酒，浑身是胆雄赳赳。"父亲喜欢唱京戏。

那天是周末，食堂晚上做了两个菜，电灌站有工人在食堂喝酒，父亲也就跟着喝了两盅。父亲不胜酒力，两杯酒下肚，满脸通红。

他对那两杯酒懊悔透了。

酒后，饭毕，父亲就借了单位的自行车骑车回家了。电灌站离秋李郢有三十多里的地。父亲选择晚上回家，我猜是他白天没有时间，第二天一早得赶回单位烧饭。更主要的是，他自行车的衣包架上有半袋米，他不想因半袋米让人说闲话。

趁着酒兴，父亲并不觉得路长。有月，一路颠覆，父亲就一路"雄赳赳"唱着到了家。等他要到家门口的时候，还一时高兴，"丁零零"拨响了自行车的车铃。等他把自行车的支架撑起来，才发现衣包架上是空的，哪还有米的影子。半袋米没有了！

那可是三十多斤的白米呀！

其实，父亲刚要到家时的一路车铃声也惊动了乡邻。父亲每次晚上回来的时候，秋老五、李老二他们都会来我们家小坐。公社、秋老根他们也来。秋老五他们会来蹭几根烟。父亲每次回来的时候都会带一盒烟的。公社他们呢，自然是冲那辆自行车而来。因为，在大人们谈闲的时候，我常会把自行车推到乡场上，学骑车。由于我个子不够高，骑在车座上，脚根本就踩不到脚踏，我就把脚从大杠下面的三角区伸进去，将车身稍稍侧着，也能骑走。我们将这种动作叫"掏螃蟹"。几个月下来，公社、秋老根他们也都跟着学会"掏螃蟹"了。这让很多孩子很羡慕。

那天显然是气氛不对，我哪还敢去动自行车。父亲根本就没有拿出烟来，自己坐在门槛上叹气，妈妈也没有到锅上烧水，听金桂她们对她安慰。就因为那半袋米，我们家像是遭了灾一样。秋老五发话了，去找！父亲并没有反对。李老二、秋老六等七八

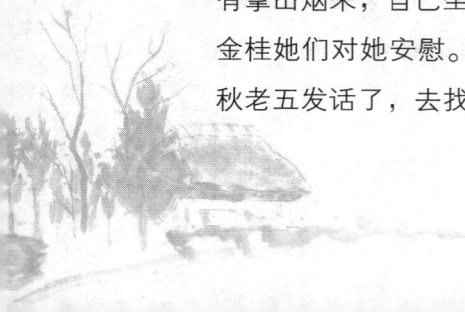

个人果然提着马灯上路了。也不知找到哪里，也不知找到几时，总之，那半袋米没有找到。队伍之外，据说还有人悄悄独自找到半夜才回的。

哪能找得到。那是米呀。

村民似乎也都明白了，找也白找。继而，有人羡慕起拾主来了，白白的，竟然一下子拾到了半袋子米，那神情，仿佛那是只天上掉下来的大馅饼，而这块馅饼怎的就没砸到自己的头上了呢？

有很长一段日子，我没再听父亲唱京戏了。

五十八

是草堆，稻草堆。

天蓝，高。高粱收了，玉米也收了。乡野矮了，也干净了许多。没有庄稼的乡野寂寥空旷。没有稻草堆的乡村只是没有灵魂的躯壳。稻草堆是温暖的，稻草堆是丰满的，温暖而丰满。稻草堆是乡野的图腾。

稻入仓，入土瓮。一场稻草，一场阳光。稻草摊放在乡场上，摊放在阳光底下。它躺在这张硕大的床上，稻草渐次柔软得像是刚产完孩子的母亲，有无比的倦意，还有无比的温馨，它重新汲取阳光的温暖，汲取力。稻草仿佛要将寒冷来临的村子，密密实实地裹在自己的怀里。稻草失去了水稻，稻草没有失去乡村。

月在上，温情笼罩，秋之尾，日之末，秋李郢人会选择这样的时候堆稻草。人手一柄铁叉。月光和光亮的铁叉窃窃私语。女人们在一块窃窃私语。围在草堆四周码稻草的男人们也都在说着自己的话。男人们选择场边的一块高处的空地，用草打成长方形的基座。女人们把稻草往基座边运，男人们把草往基座上堆。堆草堆。

堆草堆是技术活。堆不好会塌，形不好看。稻草堆高六七米，形正，有脊，底座小，中间隆起，堆成一座倒立的梯形才好看。秋老五是主叉，关键部位的草，他堆了算，掌控全局，有点技术总监的意思。他把边角处的草码好了之后，还煞有介事地观照一下，看看这叉草放的是否到位。他看草的当儿，草堆下递草的人就得停下来，草堆上接草的人自然也跟着不动，秋老五周边码草的人也不能轻举妄动。这样轻柔的时刻之于男人是少有的。堆到梯形角的关键处，草堆已高，草堆下的女人们自然是听不到他们讲话的了。借着月光，秋老五还少不了向站在一边的男人们调侃。说堆草堆，说堆草堆之外的事。

"堆草堆拐子。"谁都知道，秋老五意不在此。他在引诱人家说下句话。

"拐子"就是草堆的边角。

"上床摸……"

嘻嘻，呵呵，哈哈……

他们起始是自己对着笑，小声说，说给自己听。之后便拄着铁叉面向草难笑，面向乡场上的女人们"呵呵、哈哈"起来。

窃窃私语变成了放浪形骸。

"堆草堆拐子！"一男人大声地喊。

"堆草堆拐子"众男人起哄。"起哄"之后便停下声息，仿佛现如今舞台上的歌手自己唱过一句之后便把麦克风朝观众席的方

向让观众唱，形成互动。

"嘻嘻，呵呵，哈哈……"

一场女人，一场笑。

没有人去接下一句，没有人跟着互动，只是"嘻嘻，呵呵，哈哈……"，也许是笑声把那窃窃私语声给淹了，也许是满野的月光把下一句给盖住了。谁知道呢。

其实，也不过就是提了"上床"二字。想当年，似乎"床笫之欢"也是说不得的，成了禁区。

草堆之上，草堆之下，"嘻嘻，呵呵，哈哈……"一片响。

稻草们仿佛也跟着兴奋了起来，铁叉下发出窸窸窣窣的响声。月光一浪一浪地从乡场上扩散开去，乡场仿佛是一张放大了的唱片，一个秧季，一个秋季，乡村被桎梏了的情愫一下子释放开来，温情和浪漫弥漫了整个村子。

五十九

是稻草。

"干稻草那个软又黄哟，金丝被那个盖身上，毛委员和我们在一起，天天打胜仗。"干稻草是被"钦定"过的"金丝被"。红军长征艰苦岁月里，稻草便是功臣。稻草有大道。

我记忆里稻草不是盖身上，是垫身下的。有被，有席，天寒地冻，特别是下雪的时候，父亲便想着在我的床上铺稻草了。选择柔软金黄的稻草，厚近尺，盖上席，再铺层毯子或被单。他把每一根调皮的露在席外的稻草都掖向席下。晚饭后洗毕，我看着父亲很是小心地铺着床，闻着淡淡的稻草香儿。这样的时刻，不见了他往日的躁性子、急脾气。铺好床之后，父亲还坐上床，压一压，一转脸发现了我，便一把将我抱起，不知是看我冷急着抱我上床，还是对他的"作品"满意，要让我及时欣赏，还没挨着床的时候，父亲便一撒手，几乎是将我抛在了床上。顾不得我受到的一丁点的惊吓，顾不得床单被子被弄皱。我还没从惊吓中反应过来，便觉得已被弹起。那一丁点的惊吓被消除，一种莫名的快意被即刻唤起，我顺势在床上上下地弹动了起来。

这是乡村的席梦思。只是晚上我上床要费事些：草厚，床高，我得在床下放只小板凳，踩着凳子上床。一开始，父亲在身边的时候，我会故意把凳子挪走，让父亲抱我上床。他个子高，放我在床时依旧有抛掷动作。我便能借势享受被上下弹起的乐趣，还会站在床上做几个蹦床的动作。直至父亲佯装打我"冻凉了"我才会钻进被窝。过了一段时间之后，垫在床下的稻草被压实了许多，弹性不好了，我也便不要父亲抱我上床了。不只是因为草低床矮了，重要的是，稻草弹性不好，我被抛上床砸着疼。

风起帘动有余香，是稻草的香味。入冬的时候，秋李郢人会想着为牛屋、院内的锅屋挂上新草帘。草帘是稻草编的。草帘虽不上锁，但在有人进屋的时候，仍旧会隔着草帘喊：有人吗？听到应声，自然便会掀开帘子进屋，若是屋里没人应，来人便自行走开。稻有道。草有道。草帘也是门。

后来，我读杜甫《茅屋为秋风所破歌》想到了稻草。哪有那么大的风，新屋秋天刚盖好，风奈草何？旧茅屋稻草经过雨水淋过之后也密实了，草外层像是结了层壳，风吹它不动。诗言志，关茅屋关稻草什么事，那么凄凉。土墙，茅草，冬暖夏凉，稻草屋大庇村民。稻草有道。

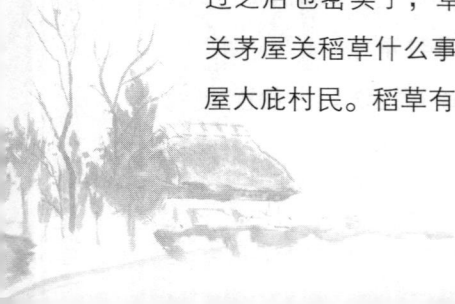

"战士双脚走天下，四渡赤水出奇兵。"其实，当年的红军战士好些是穿着草鞋的。稻草鞋。

秋李郢秋老二是做稻草鞋的好手。他做的草鞋草细软，合脚，有形。冬天里他还会做毛翁。毛翁是用捶打过的稻草编织而成。所不同的是，他会在鞋里面附着编进一些芦花、鸡毛，穿上去十分温和。秋老二还会编织一种雪地高底棉毛翁。它跟毛翁的区别就是鞋底高近半尺，木鞋底两端钉了两块泡桐木。

高底棉毛翁底高防水。走路要小心了。双手不可插衣兜里，用它做平衡，脚踏实地，趾高气扬、手舞足蹈状。要是你在雪地里尽性撒欢，毛翁便不会听你使唤了。要么鞋掉，要么你非摔个大跟头不可。

稻也有道，这个道，你得学着走走。

六 十

在秋李郢，我们能造出"人模人样"的人有两种：雪人和稻草人。

雪人胖，憨态可掬的样子。一地雪，都是雪堆的，有人模样便是。所以，做雪人也叫堆雪人。要是你高兴了，或者多花点时间，有点创意，搞点花样，还可以给雪人打扮打扮。秋老根堆的雪人是用胡萝卜做鼻子的。我们笑，哪有那么长的鼻子。秋老根一气，把胡萝卜拔了，安在了嘴上。我们又笑，哪有那么长嘴的。秋老根说，不是嘴，是烟。雪人抽烟。我们几乎是起哄：哪有这么粗的烟！这回倒是秋老根占了上风，说我们见识短，说这是雪茄。我们立时蔫了，以为"雪茄"与雪有关，哪晓得雪茄是叼在嘴上的烟。

堆雪人得有雪才行，又不是年年冬天都下雪的，还有，一过冬天，雪人就化了。这让我们有点难过。稻草人就不一样了，你想做就做，太阳也晒不化它的。

稻草人跟雪人的区别在于材质的不同。一个是雪，一个是稻草。稻草是绑的。做稻草人得先有骨架，用细树棍、竹竿居多。最简单的做法就是先在地上立块"十字架"，然后把"十字架"上绑上稻草。要想稻草人做得生动鲜活，不只是面部，它的全身都有文章可做。

臂膀是伸出去的竹竿，你要是觉得光秃秃的了，可以让稻草人手里拿上东西的，比如拿一块红布条，比如拿一块白色的塑料纸。风一吹，红布条手舞足蹈的，塑料纸有"哗哗哗"的声响。总之要醒目，要有动静，有真人样。这样就主题突出了。让鸟见了真以为有人挥手撵它。雪人是逗乐的，稻草人是吓鸟的。

做稻草人，仅仅突出主题是不够的。那是大人们做的，我们会在原有的基础上再"创作"。从头做起，首先想到的是给稻草人戴个帽子。是真帽子。帽子一戴，人模样毕现。帽子旧，赵本山的小品里戴的那种耷拉着帽檐的居多，也有给稻草人戴草帽的，斜扣在头上，风吹稻草响，有"犀利哥"的范儿，显酷。秋公社有意思，他一时找不到旧帽子，便把他大大（父亲）的半新的草帽给拆了边，戴在了稻草人的头上。公社的大大翻箱倒柜去找那只草帽，哪里能寻得到。结果大家都知道了：秋公社屁股叫他大大用鞋底掴出了印。

当然，你还可以给稻草人戴个袖章，也可以给稻草人戴个帽子。如果这样太时尚，也可以来点田园风格的，给稻草人穿件花

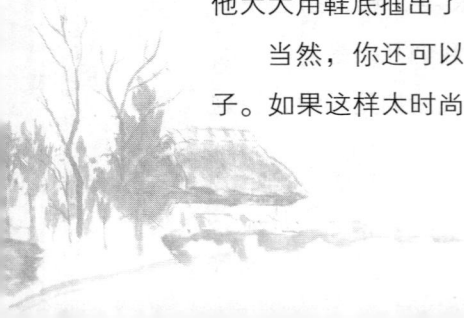

格外套，给稻草人手上拿根有眼的竹，有风哨响。

稻草人能撵鸟？我不信。有一回，我们发现秋公社家稻草人草帽下面的稻草里，竟然有白头翁在做窝。搞笑吧。吓唬谁呢。

那天我去一家银行，刚一进门，一细高个子美女做了个可人的弯腰动作，再一看，是一纸人。前些日我出差苏州，路上拐弯处一名警察向我行礼，我立马减速，再一细瞧，假人。都是"稻草人"的现代版。依然搞笑。

此稻草人非彼稻草人也。我依旧恋稻。

稻不离村，不离地，扎草为人，也要护卫这片田地，护卫这片庄稼，护卫这片家园。只是，"稻草人"所具有的这种人文情怀，我们是想笑也笑不起来的。

六十一

隔着经年的岁月，我依旧能闻到那一缕淡淡的梦香。

稻之梦，我之梦，村之梦。

从春到夏，到秋，再入冬收藏，人们用一年的时间伺候稻；从出生到成长，稻用一生的时间喂养人，喂养人的一生。赞美辛勤的劳动者，更让人敬重稻，敬重米，敬重粮食。这不是梦。

我没法描述那更遥远的日子。"吃糠腌菜"，远如梦。人们宁愿相信那只是一场梦。留下的除了梦之外，依旧还有感恩之心。感恩水稻，感恩糠。糠是稻之躯壳，糠是稻梦之衣裳。人们在敬重水稻的同时，又多了一层附着的情愫：敬重糠。

稻熟，米出。糠呢。稻壳挨着米，磨成糠它还沾有一丁点的米吧，人们叫它"米皮糠"。米皮糠，"糠"一沾"米"便有了人文的情感，有了生活的质感。米皮糠精细如粉。拌上水，喂鸡。鸡鸣，一鸡鸣，众鸡鸣，秋李郢显得安详而有生气。米皮糠喂猪，喂养他们对生活更多的需求，喂养"家"里"宀"里屋子里的那个会叫唤会撒娇的"豕"，所有人的日子都显得真实而永久。

枕香而眠。水稻给了秋李郢人一个"形而下"的白天，水稻同时也给了秋李郢人一个飘着梦香"形而上"的夜晚。秋李郢人枕稻而眠，秋李郢人家家用的都是稻壳枕。

棉布，从集市上买的多，也有家纺的粗布。要是嫌粗布白，不耐脏，到染坊染了便是。秋李郢的秋大家开有染坊，将粗布染成褐色的也行，染成蓝色的也行，染成红色的也行。梦，柔软温暖；梦，五彩缤纷。

稻香入梦，梦入稻香。

一翻身，稻壳枕会发出细微的响声。稻每天晚上都在说话，都在跟你"谈闲"。稻脱躯壳，灵魂脱壳，那是梦之呓语。说什么呢？梦记得。

枕面，布面，稻壳枕凸出一粒粒稻的模样。这稻的图案印在人们的脸上。一脸稻，仿佛梦之形。我想起父亲每年过年的时候，他都会在堂屋条几上方的墙上贴"捷报来年五谷丰登"的字条。我想起秋李郢人家的盛粮食的土瓮上过年都会贴一硕大的"丰"字。也是，丰衣足食，原本就是村民们具体而实在的梦想。

我实实在在喝过五婶做的"家酿"，好些秋李郢人都喝过五婶做的"家酿"。五婶老家在苏州，据说她母亲是做"家酿"的好手。"家酿"是米发酵后做的米酒。之后，我再也没喝过这么芳香醇厚的米酒。"家酿"醇味不散，经年依旧。以为梦。

"家酿"奢侈，也不是谁都会做的。人们打起了稻壳的主

意。稻壳和在粮食里，和在"酒酿"里发酵，也能成酒。家里来客人了，有亲戚上门了，过年过节了，或是辛勤的劳作之余，秋李郢人便会差小孩到村口的小店里打半斤散酒。炒个韭或是菠菜，煮盘黄豆或是花生米最好，下酒。他们喝得有滋有味，他们喝得心安理得。酒后，父亲还会在膝上挨挨地用掌打响点，唱上一段《苏三起解》来，更多的村民会唱家乡黄梅戏《打猪草》。他们知道，这酿酒的粮食是他们自己种的，这酿酒的稻壳是他们自己的粮食身上的。这酒是粮食的精华，这酒是粮食的梦。粮食有梦，酒有梦。

粮食之外，稻之外，微醺之中，秋李郢人开始有了更多的希冀，有了更多的梦想。伴随着每个日出日落，霞光紫气中，秋里郢便笼罩在这淡淡的梦香里了。

六十二

妙手着丹青，是稻。

四月，雨酣，一格格的秧田，像是一幅幅的画布，在田野铺展开来。烟蒙蒙，雨蒙蒙，略有点染，无需点染，便是一幅极好的水墨画。

秧苗绿，一行一行。水清亮，一片一片。有女孩在田里插秧，她们弯腰插秧也行，她们站着说话也行；有男人田边走过，他们挑秧把也行，他们展臂撒肥也行；有牧童骑牛走过，穿蓑衣戴斗笠也行，吹牧笛站牛背也行。燕是题签上灵动的墨迹，说是小楷也行，说是行草也行。无论哪块秧田，无论哪幅画面，都会盖上那枚硕大的印红，说早晨也行，说黄昏也行。

雨日是画，晴日也是画。

有水响，小蝌蚪摇头摆尾，在稻田里嬉戏，不出夏季，便能"听取蛙声一片"，便会有人在"稻花香里说丰年"了。蜻蜓出，淡褐，或是粉红，有孩子追它不放。蜻蜓便站在稻叶上，一个亮相，又一个亮相，有小风掀动它蕾丝的裙裾。孩子站住了。孩子对它的淡定和妩媚着迷。孩子对四月着迷。孩子对画着迷。孩子本是画中人。

"绿遍山原白满川，子规声里雨如烟。乡村四月闲人少，才了蚕桑又插田。""插田"就是插秧。翁卷诗名《乡村四月》，不如说画名《乡村四月》。

白日是画，夜晚也是画。

要有亮，一丁点亮。让秧苗在田里成行绿着好了，让蜻蜓伏在稻叶上着梦好了，让小蝌蚪在稻田里窃窃私语好了。千格篾窗，窗上有窗花，或是有没有褪色红红的"喜"字。还有星，还有月。空灵无度，意象高远。对了，还有鸡鸣，还有犬吠，它们也是画上的线条，也是画上的题款。最好有人，在稻花香里，在灯下，生发出"闲敲棋子落灯花"的趣味。

春夏是画，秋日也是画。

高贵，典雅，浓烈，辉煌。那是一抹怎样的金黄呀！浓缩土地的精华，浓缩太阳的光泽。有凡·高《向日葵》般的热烈，有达·芬奇《蒙娜丽莎》般的迷人，有罗中立《父亲》般的厚重，有陈丹青《西藏组画》般的震撼。阡陌纵横，连田成片，大板块，大制作。秋之稻，是一幅浓墨重彩的油画。

与稻共舞，油画有超强的感染力度，有抽离于具象的色层美。入秋，稻法自然，和谐秩序顿生。

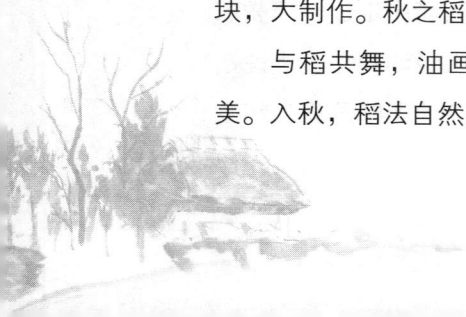

天，高远，深邃。阳光，温暖，圣洁。一地女人，一地男人。镰刀如弯月，亦如弓。手弯处放条白毛巾，草帽是新的，麦秸草编的，有白色的带，帽四周印有红字，"劳动光荣"或者"社会主义好"。割稻是所有田间劳作中最庄重的圣典。稻如海，笑成浪。

站立是画，刈后也是画。

深秋，入冬，一行行刈后的稻茬依旧硬朗，坚毅地站在田里，站在风中间，站在霜中间，为雄性的田野增添风骨。田畴雄浑粗壮，稻茬线条明晰。这幅版画就镶嵌在大地上，迎接着风雪，迎接着冬天的到来，迎接着又一个春天从它们的怀里重现生机。

看似一幅画，是稻。

第四辑：稻 具

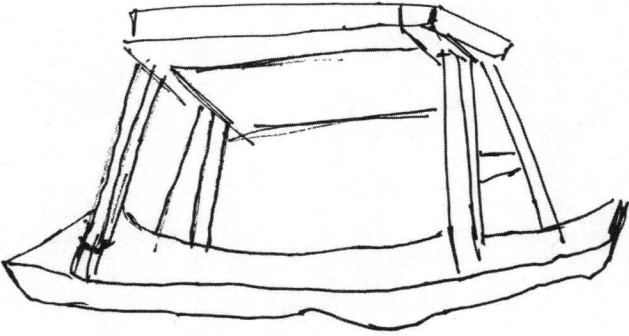

六十三

栽秧是要上路子的，不上路子以后薅秧就麻烦了，秧耙找不到株间的直道，那还不把秧给耙了。

上路子就是栽秧要成行。光靠眼看是不行的，得用秧绳先拉出墒来。

一墒一米左右。选定较直的田埂，田两头量好距离，就是离田埂距离要相等，一墒宽，各取一点，就开始拉秧绳了。

秧绳是绕在一根竹竿上的，成坨状或纺锤状。在选定的一个点上将竹竿插好之后，过秧田，拉出来的秧绳再系在秧田另一头的竹竿上。这一墒的秧绳拉好之后，竹竿不会马上拔掉，依绳，插秧便是。插好这一行秧之后，再量一米左右，移秧绳，然后两头竹竿插好，拉绳，再依绳插秧，形成一米左右一行的秧框。

如此反复。

栽秧先是栽秧框的。秧绳放好样子之后，栽秧人只要在秧框里栽秧就行了。一般秧框里栽六行秧，这框里面的秧就不需要再拉线了。我学栽秧那会，虽说在秧框里栽秧，还是栽不成行。要么是行之间太紧，要么是行之间太宽，有时甚至栽出七行秧或是五行秧，还不上线。李三丫笑我栽的秧是"曲鳝（蚯蚓）找妈妈"。

李三丫是栽秧的好手，不只快，还直，六行秧，都在线上。她栽秧的时候，一边跟旁边的人说笑，或是自己唱秧歌，那手上的秧呢，一点也不受影响。她简直就是一部插秧机。

秧绳早年是细麻绳，麻绳易烂，不结实，常断。断了就要打结，重新系上。麻秧绳上有好多结。麻秧绳越用越短。麻秧绳用完后得在水里洗尽，晒干，虽说如此呵护，这麻秧绳也是用不了一个秧季的。后来有了尼龙绳了，尼龙绳做秧绳好，细，结实，轻便，也不易腐烂。用完之后在水里涮涮便行。一根尼龙绳一个秧季是用不坏的，收好，明年还可以接着用。有时，一根尼龙秧绳，要用好几年的。

六十四

秧架是挑秧把的专用农具。

育秧在秧母。秧母里的秧苗要薅了重新栽的。薅过的秧打成把，用稻草或落叶系上。落叶就是新水竹外面的苞衣。

这一把一把的秧要从秧母运到秧田里栽的，过去也用竹畚箕挑秧把，但秧把只能轻轻地码好，不能用力挤压，码得稍高，就散了，码得太少，又不见工效。挑秧把人自然是多挑的喽，这样麻烦来了，常常走到半道，秧把便散落一地，又得重新装，惹人恼。

秧架的出现解除了挑秧把人的烦恼。

秧架，木制，底部有一"目"字框，在"目"字框的腰部，凿有两榫，榫上竖两根一米多长的木架，顶部一根横梁，梁上打一铁扣。挑秧把时，扁担两头穿在铁扣间便行。

选定一块平整的田埂，放上秧架，把秧把朝秧架上码就是了。秧把根部大，稍部小，码时要颠倒着放，使秧把在秧架内保持平整。自上而下，密密地一直可以码到秧架横梁的位置。码在秧架里的秧把密实，错落堆放，加之两边有木架管着，不只是挑的秧把多，也不会半路散落。还有，秧架高一米多，挑秧把的人无需将腰弯得太低，码好秧之后，稍一弯腰，挑起就走，方便得很。

秧把是"水货"，稍一挤压，秧把里的水便在"目"档间淌了下来，所以挑秧把的人会觉得越走越轻松的。

"咯咚代咯咚代，我代里咯咚代，我代里咯咚代。"

秧歌响，挑秧把人有了好心情，那扁担和秧架横梁上的铁扣，也跟着吱呀、吱呀地响，像是一起哼起了小调。

六十五

秧凳就是薅秧时坐的凳子。

秧苗出水两三寸的时候就要起秧了。秧苗重新移栽，水稻才能发育生长。

秧母秧苗密，薅秧几乎不动身子，挪步幅度很小。弯腰，双手着地，掌、指贴着地面，几乎与地面平行。薅秧时四指拃开，薅住四五子秧，握紧，向后拉，连根拔起。"四五子"也就是四五棵，不能多，多了薅它费力，薅不动会把秧苗薅断的，糟蹋了庄稼。右手后拉之后，左手已上前薅秧。左右手前后拉动，有点像挤奶工挤牛奶的动作，频次快得很。

等到双手里的秧攥得满把，薅秧人就起身，左右手秧苗一合，就是一把秧了；一手攥紧，一手拿稻草或是落叶把秧苗从中间一扎，再顺手在水里涮去秧苗根部的泥，一把秧苗就撂一边等人来运了。

薅秧苗，手、膀几乎与地面平行，腰弯得很低才行，有时，腿也要跟着弯曲。这样不只别扭，腰受不了啦。太酸。

坐在秧凳上便是了。

秧凳有的就是家里普通的小板凳。不过，四条腿的小板凳由于腿部与地面接触面积小，压强大，人坐凳上，凳子腿往泥里钻，一会就陷进泥里了。

金桂多胖呀，重。那天薅秧她也带了只普通的小板凳。薅秧只顾说话呢，哪知秧凳越坐越矮，凳子腿陷得越来越深。等她扔完一把秧，再一坐凳子的时候，那凳子全部陷进了泥里。金桂屁股一歪，整个身子跌到了水里。金桂穿得单薄，又是浅色衬衣，湿了水的衬衣牢牢地贴在身上，身子毕现。一向快嘴不饶人的金桂一时蔫了，窘得脸发红。地里有不少挑秧把的男人呢，听到有人落水了都把脸转过来看。金桂连忙起身上岸，双手拎住前衣襟，把衣襟绷紧，一路小跑回家换衣服去了，头也不敢回。

或许，吃亏的不只是金桂的。因为，大多数人家都会专做一把秧凳的。

不讲究的人家秧凳都是由普通小板凳改造的。简单的做法就是在小板凳的四条腿上钉一块厚木板。厚木板着地面积大多了，坐时凳子也不会陷进泥里的。更多的人家是废物利用，用的木板

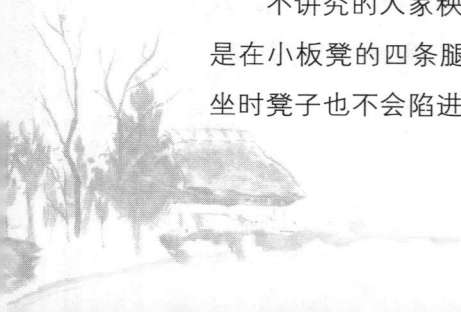

就是队里废旧的木锨板。木锨板弧形，好看，也轻便，类似现在钓鱼人坐的马扎。

后来有木匠专门为人打秧凳，要讲究了许多。凳面板宽，坐着舒服。也有将凳面做成圆形或是椭圆形的，底板两头翘，像小孩子骑的木马，也好看。其实，秧季的时候，集市上也有人专门卖秧凳的，一块钱一只，要是家里没有，央人到集市上买一只也行。

六十六

秧栽好了之后，田间管理除治虫、施肥之外，主要就是薅秧了。

薅秧就是清除秧田里的杂草。野荸荠、稗子、臭蒲草什么的，都是稻田异类，要清除。薅秧还有一功用，便是为秧地"松土"，防止秧田板结，秧根好呼吸，让稻更快地生长。

能担当除草和松土责任的，非秧耙莫属。

自然，秧耙是薅秧的专用农具嘛。

秧耙长近尺，宽不过拳，正好能放在秧行之间，流线型，两头尖。秧耙底部有五六排铁齿。铁齿半寸左右，弯，向内勾。秧耙正面有一长柄。柄头斜削四十五度角，钉在秧耙的顶部，正面另一端竖起一根二寸许衬木，衬木一头钉在秧耙上，一头钉在柄上。柄、衬木和秧耙形成一个小小的三角区。这样，秧耙牢固得很，用起来也顺手。

有秧耙在手，薅秧就省事多了，不用弯腰。从脚下始，秧耙

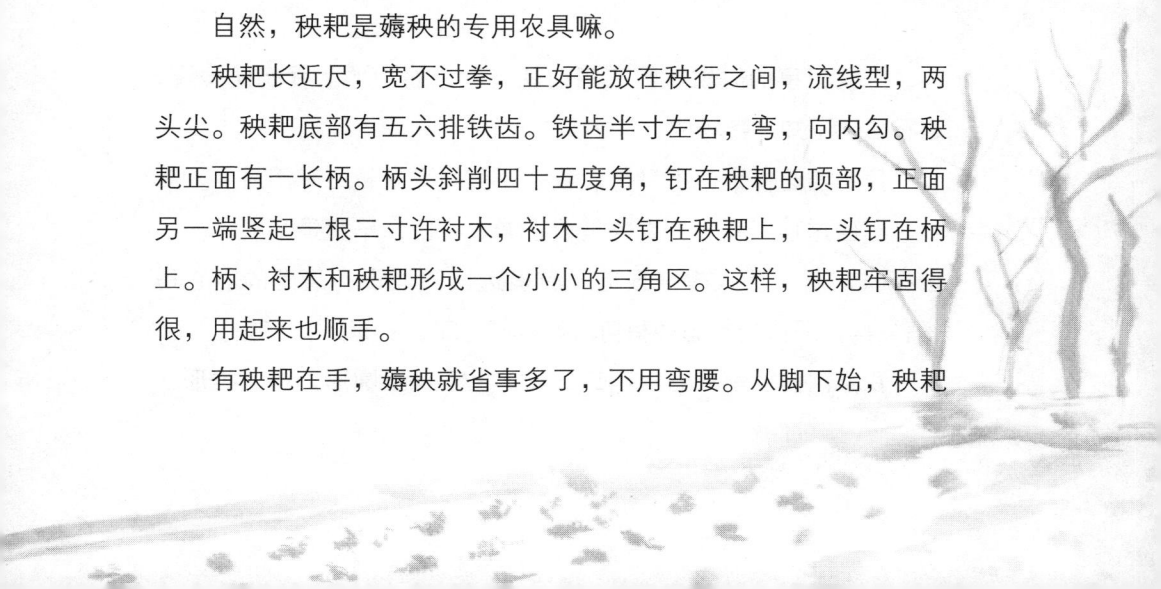

放在秧当里，来回地耘地便是。一行耘过了，得把秧耙换一行，再来回地耘。耘是先推出去，要点是放在拉上面。因为齿向后倾，一拉，会把行间的杂草除掉，也把板结的土松动了。只是要记住，一墒间有六行秧呢，叫你耘过几行之后，水浑，别忘了每一行都要耘到才是。

秧耙也只是薅秧的得力助手，仅仅依靠秧耙是不够的。稗子之类的草好些都混在秧苗间，你还得仔细分辨一番，用手拔去。而且，混杂在同一行之间的杂草是除不去的，也得弯下身子，用手拔，顺势，再用手将同一行之间空白处的泥挖动一下，做到横竖到边，不留死角。

傍晚，夕阳在山，草帽系在秧耙上，收工了。薅秧的多是女同志，她们一路说话，嘻嘻哈哈的，也有吼两声秧歌的，一人扛一把秧耙在肩，她们心情好。风一吹，田里的水稻，一片碧绿，仿佛也跟着精神抖擞起来。

六十七

打我记事的时候，我家门前就有一只石臼的。我奶奶也说，这石臼也不知是哪年的"老古董"了。

我奶奶这样说，不只是说我家门前的那只石臼有年月了，其实，石臼这种"稻"具真的是很古老。石臼，毕竟是个石器。说它石器，总会让人想得很远，有多远，我是说不清楚的。它是"稻"具，那得先想想种稻何时始。想远了，扯远了，打住。

我家门前的那只石臼高近二尺，上下口呈圆形，内有椎形凹

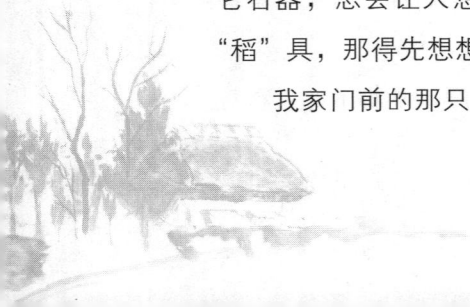

槽，表层粗糙，外围四周有棱角，虽说是圆的，却有方形的影子。内里的凹槽形状规矩得多，做工也很是精细。凹槽不精细，它如何舂稻、舂粮，那要是舂米成粉呢，还不白瞎。

石臼是配着石杵用的。石杵是一枚放大了的针。细长有尖，顶有针鼻，鼻间横穿一木柄。用时只消手持木柄，对着凹槽里的稻米或是其他粮食，反复捣它便行。

有一次，我在中药店抓药，看到柜台上有一铜盅，抓药人将几味中药放盅内，盖上盖，咣咣咣捣几下。打开盅盖，我一看，其工作原理、结构和模样不也类似我家门前的石臼嘛。只是铜盅要小得多了，铜制，其杵项是球形的头。

那石臼有近百斤重，放门口也少有人动它。因其凹槽光滑，能盛些东西的，家人便用它做猪食缸。平日积攒淘米水或是刷锅水，喂猪时在凹槽内拌些糠或是煮熟的山芋，再舀出喂猪。

早年我见过奶奶在凹槽内捣过稻的。秋收，我奶奶是要去拾稻的。要是有近斗的稻，奶奶便会想着把石臼的凹槽清理干净，将稻倒进槽内，持杵捣稻。不出二日，我家便能吃上一顿香喷喷的米粥甚至白花花的米饭。

后来，队里有机米机了，石臼也再没舂过稻。再后来，或许是觉得凹槽小了，或许是我家少有喂猪，那只石臼再也没有派上用场。再看那石臼，凹槽内积满了枯水，水体早已泛绿。村上好些石臼也大多如此，要么满是积水，要么东倒西歪地散落在墙角路边，要么也有半截埋在土里。再寻和它配套的杵，哪还有它的影子，这样一想，石臼便更显孤单，甚至凄凉。

六十八

其实，石臼和石杵，是手动版的石碓。

石碓，更多的时候我们就叫它碓。

我在电脑前写这篇文章的时候，读大二放假在家的女儿好奇，凑过来盯着屏幕，指"碓"："爸，这是什么字？""碓啊！"我脱口而出，好像熟着呢，跟现在孩子说"苹果4"似的。什么碓，女儿又问。我略一停顿，好像一下也说不清，不语，或许说出来了她也想象不出它是什么样儿。也是，现在哪还有这，仅存的字人们都少有认识，什么是碓，怕也只有在字典上查了。

石碓是舂米的工具，由三部分组成，石臼，木杆，还有木柱。木柱有大海碗口粗，长约两米，与地面平行，一端穿一木杆，与木柱成"7"字形，木杆头装有"碓牙"，也叫"碓头"，多半是生铁铸的，像马蹄掌，杆落下的地上埋一石臼。舂时，脚连续地踩木柱的末端，前面的木柱也随之连续地在臼内的谷粮上起落，像是一个跷跷板。木柱粗重，有时做碓时会想着在脚踩的地方做成鱼尾状，正好放下两只脚。两人比肩而舂，就是这样也很累，又有人想着在木柱端拴根绳子，脚踩加手拉，这样省了许多力。有的碓一端装的是石杵，石杵笨重，当然也就不需要装"碓牙"了。

碓房有十平方米左右，不是哪家都有碓的。村头的杨六家有碓，妈妈常去舂"年面"，也就是糯米面。冬天，农闲，碓房是不脱人的，总有人帮着舂碓。妈妈头天晚上也将糯米淘过，干糯

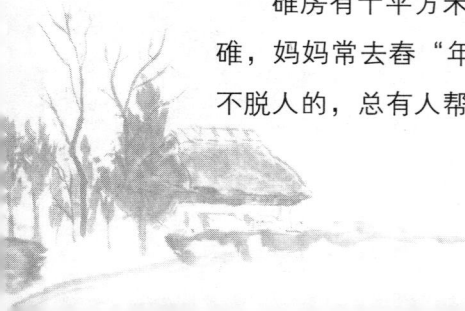

米春出来的粉不黏，太潮了也不行，糊筛。虽说我一人踩不动碓，但我还是会跟去的。石臼一次也最多装三四斤糯米。春过的糯米要用筛子筛。木柱不停地点头，碓牙出臼的当儿，也会将米粉带出碓外，妈妈会在木杆将要落下的瞬间，将米粉扫进臼内，有时还会将臼底的米粉用手撮上来。这样的动作是很危险的，要是手被落下的碓牙磕着，真的会伤筋动骨的。妈妈从没伤过手，小村人也没有人伤着，这样的节律在踩碓人心中，也在扫碓人心中，从不出错。后来我看沪剧《双推磨》，每每听到男女对唱的"推呀拉呀……"调子时，从委婉和谐的节律中，我似乎找到了小村人从不出错的原因。春一斗糯米要几个小时，忙的时候，碓房的马灯是整夜地亮着，我们知道，不出几天，也就要过年了。

春米起先是杵春，持棒捣臼，用的是手。脚春米就是碓了，汉代桓谭在《桓子新论》中对碓的发展有过叙述，说碓的功效是杵春的十倍，后来又"役水而春"，功效又大增至百倍。桓谭说的是水碓。水碓闽浙居多，清朝陆延灿在《南村随笔》里说"凡山溪急流处，皆可为之"。以木为轮，植木于岸，不用人力，放上稻粮，随它去吧，过些时辰，只是记着到时收米就是了。陆放翁有诗，"野碓无人夜自春"，有了一份"野渡无人舟自横"的野趣和闲适。旱碓的石臼我在乡下还常见着，有的人家做猪槽了，有的只是兀自躺在村口，里面积满水，已生青苔。水碓有那么多机关，我已不知闽浙现在还有没有。前些日我去湖南韶山参观毛泽东故居，在毛泽东原先的家中也有碓，解说员告诉我，1959年，毛泽东在这里还亲自为罗瑞卿表演过如何使用碓呢，这样的使用方法，竟然跟我记忆中秋李郢人的使用方法一模一样。

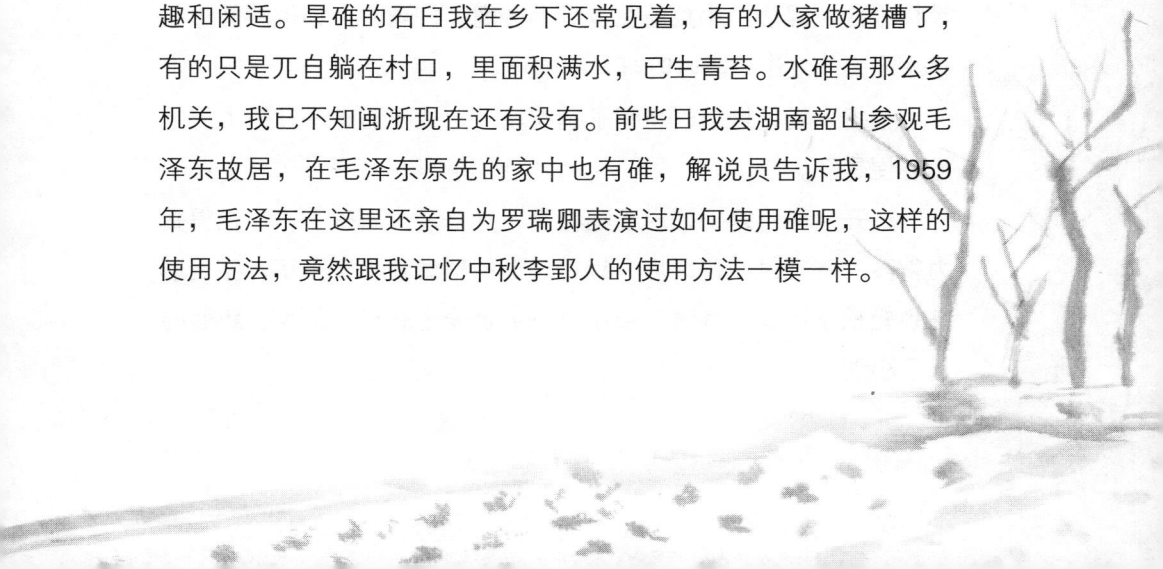

六十九

碌碡是字典上写的名字，秋李郢人叫它石磙子。

石磙子恋场，恋稻，恋庄稼。

乡场上的石磙子有两种，一种是无齿的小石磙子，一种是有齿的大石磙子。小石磙子多是做场时用的，因其无齿，轧出来的场地平整，没有齿印。有时，也用它轧豌豆、绿豆之类的"小科"庄稼。大石磙子长近一米，直径过尺，稻季、午季的时候，它忙得最欢。

大石磙子上面有寸余宽的石齿，其齿凹槽有半指深。一般的石磙子两头大小是不一样的，这是为了轧场时转动方便。轧场时是转圆形的圈，直径大的一头在外围，直径小的一头自然就在内围了。

石磙子两头圆心处有一方形榫眼，榫眼安一"凸"形榫木，榫木内方外圆，在绳上套有带圆洞的锁枷，恰巧能将圆榫木放在锁枷眼内，绳子由牛拉着在乡场上转圈。打场时，锁枷和圆形的榫木摩擦能发出"吱吱呀呀"的响声。

稻把上场，打场时将稻子铺在场上，牛拉石磙子在稻上挨挨地轧便是了。

一开始牛不好走，由于稻穗高，甚至没过石磙子，牛走得费力得多。等轧过一遍之后，铺在场上的稻穗就平实多了，牛走起来也轻松了不少。其时，牵牛打场的也像是轻松了起来，跟着唱起了小调。

"牯子，干哥哥敲门你不开呵，牯子……"

那天秋老六来了精神，闭着眼"敲门"呢，跟着石磙子不停地打转，像是唱片上的磁针一时跳不出磁道一样，再一看他身后的石磙子上，浓烟直冒。直到翻场人大喊"起火了"的时候，秋老六才缓过神来，忙着拽牛鼻绳让牛停下来。原来，锁枷和榫木长时间的摩擦，高温起火了。

打场人是要记住的，过一会要石磙子停下来休息一会降降温，防止起火。

铺在乡场上的稻穗一般要轧两三遍，轧过的稻穗上仍有稻粒，铺在乡场底下的稻穗上，稻粒更多。这就要把底下的稻穗用铁叉翻上来重新轧。这叫"翻场"。

秋李郢油坊里的石磙子要大多了，高近一米，放在一尺多高的石台上，这叫碾。碾是用来轧油料的，就是轧芝麻和黄豆等物。碾放在圆形的台上，台中心有一机关将碾一头榫拴住，另一头留出一榫，两榫为根，再安上一带把的木框。轧油料时只消推那伸出石碾外的把便行。石碾重，推动它要两人或者三人。秋李郢油坊里的那盘碾是马拉的。油坊有两匹马。碾的工作原理像磨。以此说来，石磙子也是。它们都是"石磙子"。磨是缩小了的石磙子，碾是放大了的石磙子。

前年我回老家，老油坊自然早就没有了，可是再一看那枚碾还在，躺在草丛中。原先的乡场，虽说已叫人家盖了房子，没有了当年乡场的影子，但我仔细一寻，屋后面竟然有三只石磙子！

散了吧。都散了。李老二他们早就死了。公社等已都有了儿孙。秋老六已是暮年，咳喘，近乎说不出话来，哪里能听得到他唱的小调。秋老根他们的后代都上大学到了别的城市，秋老根也随了去，大多数秋李郢人的后代已外出打工去了。偶见几个背书

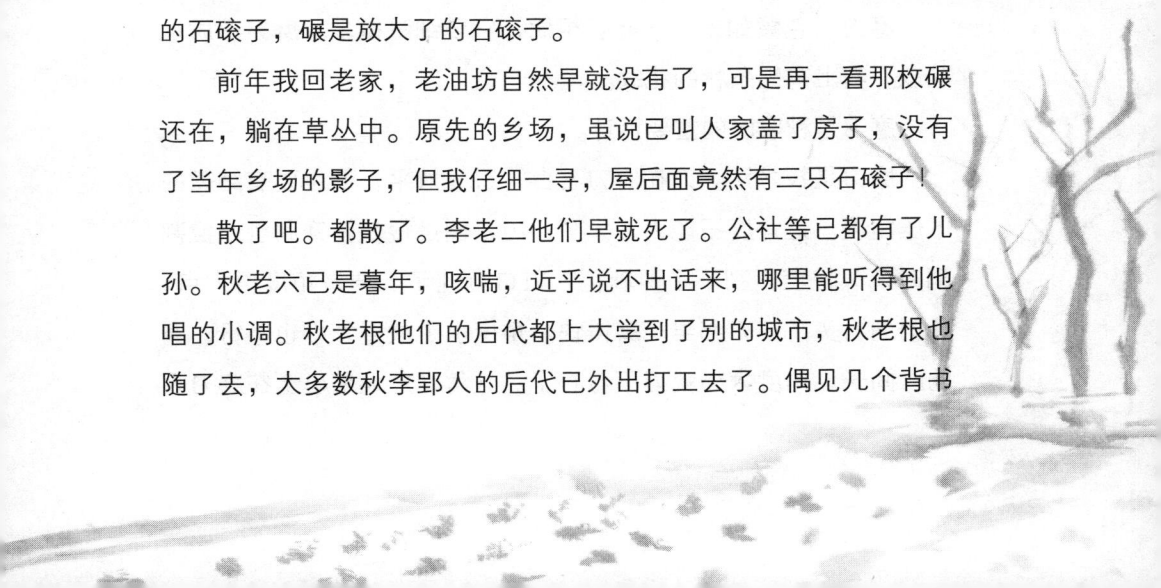

包的孩子，他们会用陌生的眼光看你一下，有点"笑问客从何处来"的味道。想想，自己已是两鬓斑白，不觉莞尔。

一代人散了，一个世纪，一个年代，也散了。

只有石磙子对故乡忠诚。石磙子一生离不开乡村，离不开稻，离不开粮食。故乡所有的记忆里面，再也寻不到当年的模样。物也不是，人也不是，一丛蓑草，石磙子半埋在故乡的土地里，榫已烂，齿已豁，莫非，石磙子与故乡一样，也会老去。

七 十

秋李郢人也叫它刀砖。

我不懂石。好石如玉。磨刀石不会是好石。离秋李郢最近的大尖山上的石头，因为石面布满蜂窝状的洞，当地人叫它麻石。麻石多为圆形或者椭圆形，当地人又叫它牛卵石。麻石青褐色，表面粗糙，质地坚硬，秋李郢人用它盖房做地基，或是砌墙。麻石不适合做磨刀石。估计麻石也如磨刀石一样，与玉比，算不上"好石"。

磨刀石色黄如土，与麻石相比，它要细腻得多。磨刀石质地较软，石上有细条状的花纹。

磨刀是秋收时的重要活计。

磨刀是技术活。刀在磨刀石上，刃要放平，但也要有细微的下压角度。这角度不能大，大了，刃口倒是很快就锋利了，但割稻时持久性差，割不了两墒稻，刀口就钝了。要是角度再大点，便削到石头了，刀哪里能磨得快。角度小了放得太平也不行，磨的时间长，角度太小就刃不着石了。这角度是大是小全在磨刀人

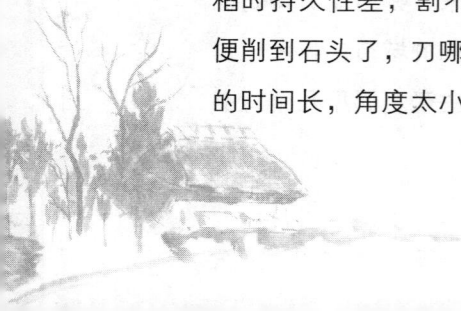

的手上。

稻不离水，刀不离水。磨刀时要不停地用手蘸水往磨刀石上淋。淋在石上原本清澈的水，来回几下一磨，便变得污黄不清，顺着石边流了下来，等到刀面发涩，再往石上蘸水。刀是双面，磨刀时自然不能忘了花同样的时间磨刀的背面的。等刀磨得差不多的时候，就要开始试刀了。试刀有法：一看二荡三听。看就是看刀刃，对着刀刃，要是看到一条黑线，不反光，那刀就磨快了；要是看到的是一条白线，秋李郢说像"大路"，那刀口厚着呢，钝，再磨。晚上磨刀是看不到的，就要靠荡和听了。荡就是用拇指在刀刃上横着来回轻轻地蹭，手指感觉有沙粒状的浮物被蹭掉的时候，那刀就磨快了。钝口不脆，磨快的刀有脆响，荡时有清脆的回音，蹭时要凑耳边听。

"磨刀不误砍柴工。"有时，人们也把磨刀石带到稻田边上。刀口钝了的时候，利用田间休息的时候磨刀。就是不休息，无论什么时候，你都可以去磨刀的。磨刀不误砍柴，磨刀不误割稻。这是理。磨刀是正事，不会有人说闲话的。

稻熟，开镰了。稻田晚归，妇女把一把或是三四把镰刀朝磨刀石旁"哗"地一丢："磨刀去！"这会，男人好使着呢。磨刀是个力气活，男人要担当的。女人要做晚饭呢，还要给孩子喂奶。"磨刀霍霍"，孩子入睡，鸡上宿，狗围着主人的腿来回地蹭，这是一天中最放松的时刻。

"磨好了吗？"女人略带矫情。

"快了。"男人喜滋滋地回。

在这一里一外似乎可有可无的一问一答之中，充满了浪漫和期待，因为，有一个温馨美好的夜晚，在等着他们呢。

刀砖，镶嵌在岁月间，时光不锈。

七十一

　　我自小以为，乡间之物，"瓢"字最不好听，"嫖""瓢"同音，乡下的字是读的，又不写。用瓢作比有"大"的意思，说小孩哭了，咧开嘴："张的像瓢样"，没文气。秋李郢人也有辙，改，有姓"熊"的都改口说姓"邢"，人们听了之后在心里想：这人姓熊，不好意思说。记忆中我念书的时候是不说"水瓢"的，就叫"水舀子"，意思人们也明白。乡下人的避讳方式简单直接，甚至有点不合理。

　　其实，瓢就是瓢。

　　瓢是匏瓜老了之后剖开来的容器。匏瓜是棚架式种植蔬菜，蔓性草本，在农家小院缠得最多的除了它还有丝瓜和葡萄。我们那儿叫葫芦。有称扁蒲的，有称瓠仔的，这都是书上说的。瓠瓜像韭菜一样也是乡下人的当家菜之一，吃要趁嫩，外表还有一层绒毛时就摘，清炒、做汤都非常爽口。瓠瓜还含有钙、磷等矿物质，具有入肺解暑除烦之功效，这是乡下人所不知的。我国好些民族拜瓢，闻一多在《伏羲考》中列出了与葫芦有关的神话就有多种。该不是葫芦长在院内的，离人最近，就说它的种子是万物的种子了吧，看样子丝瓜、葡萄就没那么幸运了。我们小时候淘气，在匏瓜还小的时候，就在上面"创作"了，用针极耐心地挨挨地点上自己的名字，或是写个"春""雨"之类有"文采"的单字，点过字之后，一手黑，家人骂："瞧你那乌龟爪子！"点过字的瓠瓜进墨水了，家里人一般是不摘的，就留着长老，做瓢。

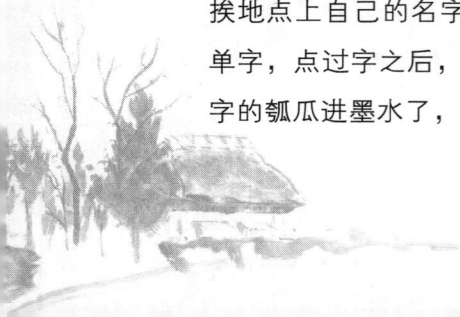

秋末，秧枯，葫芦就老了。锯子锯开，去瓤，就是两只瓢了。一只放水缸里舀水，叫水瓢，一只放土瓮里撮米、撮稻，我们叫它干瓢。

天高，蓝，一院阳光，奶奶左手端着干瓢，右手拿根竹竿，不时地抓把玉米或稻撒出去，一地的鸡、鸭、鹅围着她，狗只是席地而坐看着。"咯咯咯""嘎——嘎——"，待吃的差不多了，鸡们就把脖子伸长瞅着干瓢。奶奶再撒一把，鸡们像那则老故事里的狼，不过，屠夫是恐惧的，奶奶不。奶奶只是喜滋滋地看，直到撒完最后一把，她把干瓢翻过身，用竹竿在瓢底敲几下，像是告诉鸡们：没有了吧，散了吧。这样原汁原味的农家生活场景一直刻画在我的心里。我曾琢磨过"家"字，"房子"上面的点是烟囱，房子下面是小猪。有小猪叫，也该有鸡叫，还有干瓢的击打声的。生活就是这么简单，人生就是这么简单。其实，简单怡然的生活场景古已有之。"一箪食，一瓢饮，在陋巷。"孔子《论语》里就有记载。

《红楼梦》里贾宝玉与林黛玉那句"弱水三千，我只取一瓢饮"对白为"瓢"挣足了面子。后来我在看古龙、金庸小说的时候，这句话被提及的不下几十次，在爱河情海，知福惜福，活在当下，这成了一句经典的表白。怪了，听着这样的句子，再也不觉得那"瓢"字会有那么难听了。

173

七十二

秋后，玉米就撕了苞打上搌骑在树杈或是檐下的横橼上；山

芋不金贵，堆在地上就行；豆要各式袋子装；稻子最多，放在地上会遭老鼠的，村民们会把它放在土瓮里。

秋收过后，得闲，村民们便能抽出空来做土瓮了。找块空地，要平，乡场最好。先是在地上撒些稻糠，把土和熟做底座，打草坯，往底座上码，让风吹干以后再码，每次只能做十多公分，做好一只土瓮要七八天的时间。

土瓮做好了，翻晒也烦。荷犁而归的汉子、拾棉归家的村妇、放学回家的孩子，遇着了，他们都会放下手中的东西，把土瓮的口推着朝向太阳。晚上，有月了，孩子们玩捉迷藏时就躲在土瓮里，找的孩子围着土瓮转，挨个地找，藏的孩子有时等急了，就在土瓮里瓮声瓮气地笑，或是学动物怪叫，找着了，又是笑作一团。土瓮不仅是庄户人存放粮食的器物，也成了孩子们滋生乐趣的道具。

好的土瓮匀称、浑圆、细腻，高一米左右，小口，中间多半隆起。方形的土瓮容积大，只有人口多的人家才做。小土瓮也颇为灵巧，薄，口特圆，就像买回的坛子，小孩子能一手拎一只。这些小土瓮一般都是放些鸡蛋之类较值钱的东西，有的也盛绿豆、芝麻之类的细粮，留着来年做种或是送城里的亲戚。

奶奶是做土瓮的好手。每年的秋后她都会记着叫我的小叔到外村去挑白土堆在乡场上。白土做出的土瓮细腻好看。奶奶做土瓮时常不请自来些帮手，帮着做和泥、挑水这些粗活，奶奶的那双小脚，就不停地围着土瓮转。

"陈奶奶！"有人喊了，奶奶一脸的喜连连地应，接着她就叫着来者的小名，问人家有土瓮吗。就这样，奶奶有时要一连做二十多天的土瓮。有时，奶奶还会用剩下的泥顺手做个火盆，留着冬天烤火用。

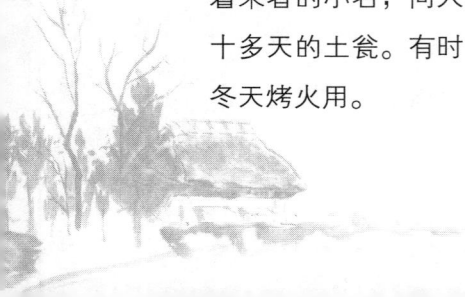

冬天，粮食在土瓮里收潮，不生霉，也没有虫子。鸡就在土瓮口的粮食上生蛋，等待听到"个个大"的时候，家人就从土瓮里顺手抓把稻撒在地上，算是对鸡的犒劳。我们小孩子淘，大人不许我们在外面疯，我们就偷偷把陀螺、毽子之类的东西藏在土瓮里。有时忘了，待到第二年春天，家里人用瓢舀稻子的时候才发现这些东西，这时妈妈就会数落我们不听话，但并不计较我们当初是怎么疯的了。

过年了，家人会想着在每个土瓮上贴"福"字。大大小小的"福"字贴上去，很是喜气。多年下来，以至于把土瓮四周贴个遍，就是饥岁荒年，家人也会写上"捷报来年五谷丰登"的字，以示祝福。此去经年，红纸的颜色渐渐剥落，岁月的脚步匆匆，这家乡的土瓮，装进了小村人多少的艰辛和殷实的企盼呀！

七十三

现在说的垫肩，所有人会以为是垫在衣服间的半圆形或弧状的衬布。我要说的垫肩是布不错，但不是衬在肩头衣服里的，而是垫在肩上的。

午季收麦，秋季收稻、玉米，还有各式的豆，都要肩挑。肩哪里受得了。特别是肩上有汗的时候，扁担往肉里扣，极不舒服。经年磨压，男人们的肩上都隆起了一枚鸡蛋大的肉瘤。要是扁担上有毛刺，肉瘤会叫磨破的，即使扁担是光滑的，要是挑担子时间长，肩上的肉瘤也会通红通红的，一碰，会钻心地疼。"捆起来经住打"，秋李郢人这样安慰自己，一生捆在庄稼上了，还得挑。

心细的女人会想着为挑担子的男人做副垫肩。

翻出不穿的破衣破裤，撕成块状，还有一些是做新衣服裁剪时余下的碎布头，洗净晒干，先糊"骨子"。"骨子"是糊在一块硬实的多层布上的。

选块干净的木板，没有木板的多半用吃饭的小桌子代替。先用面粉在锅里放水熬半盆浆糊，布用水湿了，用手抹平铺在板上。铺好一层后，上面抹上浆糊，再糊第二层布。布尽可能地合缝，多余的部分剪掉便行。剪下来的碎布头没人扔掉，铺在板上便是。糊有三四层的布，晒干以后就成"骨子"了。

"骨子"呈方形，大小不一，要是你有足够多的旧布，有的人家能把一张桌子糊满，做成一张大"骨子"。

"骨子"用处多，新布蒙面，做鞋帮子。"骨子"纳鞋底的多，比着鞋底的大小，剪成鞋底样的"骨子"。四五层"骨子"再糊在一起，便可以纳鞋底了。要是做垫肩，只用单层"骨子"。不过，做垫肩的"骨子"在糊浆糊时最表层是要用一块新布的。新布有面子，做出来的垫肩体面，好看，旧布碎布扛在肩头自然不好看了。

垫肩一肩宽，留出颈，前至锁骨处，展开呈"凹"字形。垫肩四周要"撬边"，就是用另一种颜色的新布条把毛边缝起来，中间密密地用针线"撬"实，这样结实耐磨。讲究的，或是手巧的也会在垫肩上绣有"喜鹊登梅"等各式图案。后来我知道了，街上有卖"花样"的。"花样"就是花等各式图案的白色剪纸，想要绣的时候，把这些剪纸贴在垫肩上，用各色的丝线绣上便是。

垫肩在肩，挑担子扁担与肩摩擦力就小多了，换肩也容易

得多。

　　换肩就是挑稻把时将扁担从左肩移到右肩，或是从右肩移到左肩，这些动作得在行走中完成。我刚学挑稻把时不会换肩，双手抱住扁担，猛一移动的时候，要么一头稻因扁担距离找不到重心而触地，要么扁担在后颈部正要移肩的时候滑落。

　　"虾一样！"

　　米丫笑我。我双手抱住扁担，腰又躬起，瘦，莫非真的似虾。其实，我是肩上护疼。我双手抱住肩上的扁担，是想分担些扁担压在肩上的力，想轻松些。

　　米丫也真是的，我的所作所为什么她都看不顺眼似的。只是放秋忙假的时候我才去挑稻把的，锻炼的机会少，肩没"立"下来，自然疼。

　　"虾！"

　　那天挑稻把回，天近黑，后面有人喊我。声音虽说不大，我还是能分辨出是米丫的，只有她说我是"虾"的。我以为她又笑我。我坚持不理她，哪知头不争气，不自觉地转了过去。

　　"拿去。"虽说米丫对我一直就没有好声腔，可"拿去"却是轻柔得很。

　　软软的，一闻，还有花露水的香味，是一副垫肩。

　　我回家展开一看，上面还有图案。米丫还真的有耐心，在垫肩上绣了两只漂亮的鸭。

　　直至我中学毕业，才明白了，垫肩上的图案哪里是鸭，是一对鸳鸯。

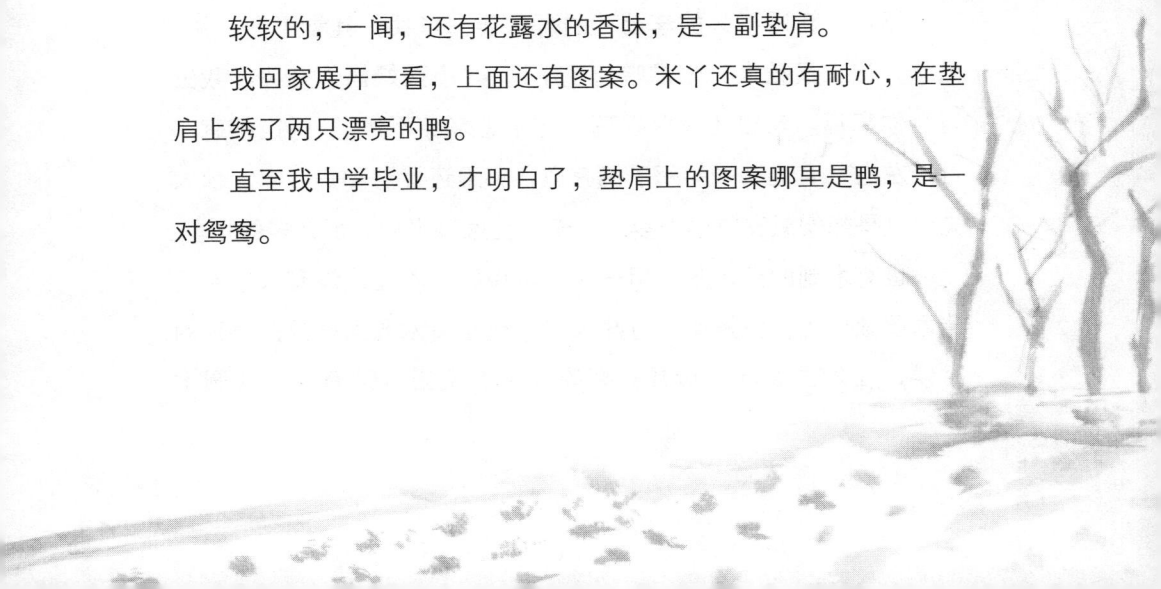

七十四

升作动词用得多，比如"升起""升格"。升也有作量词的，是容量单位，多少"升"，或者多少"毫升"。《说文解字》说一升十合。"合"就小了，人们常用"升合"比喻数量小，"升合之利"，便是"微利"的意思。怕是现在的"升"与古时的"升"计量有出入。好比"半斤""八两"都是重量单位，时代不同，标准不一，要换算，其结果是"半斤"和"八两"一样。少有人知道升是一种量米或者量粮食的工具的。这里的"升"便是名词了。

升，竹制，筒状，秋李郢人叫它"升筒"，或者"升筒子"，有点像现在文具店里卖的笔筒。竹是毛竹，取其节处，锯开，根据直径大小，升高半尺左右。竹粗，其升便矮，竹细，其升便高。升盛满米一斤左右。十合一升，十升一斗，十斗一担。如此算来，一担也就是一百斤的样子。

那年，新婚不久的李公社的哥哥要去当兵，其妻不舍，哭。见状，记工员秋大先生却唱起了小调："小孩妈妈你别哭，我去当兵你享福。家里还有两担稻，吃不愁来穿不焦。"两担稻有二百斤左右，有这么多的稻子搁家里，哪里还忧愁和焦心呢。秋大先生只是想安慰安慰小夫妻的，李公社家哪里能有那么多的稻。

也有木制的升，多是用一段圆木掏的。不过，没有人家专门请木匠做升的，多是家里打嫁妆了，或是请木匠到家里打家具的时候，在木匠要吃中饭或是要吃晚饭的空当，又有一小段圆木

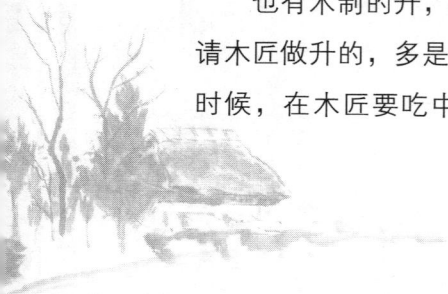

头，精明的主人断不会把木匠闲在那里的，便把木匠抽烟喝茶的工夫给用上，央求木匠给掏个升。要是家主不把木匠的空闲时间给用上，也有邻居来麻烦木匠的。他们和家主沟通好，便掏一支烟给木匠，又一边夸说木匠手艺的好，讨好木匠。木匠也能给面子，帮着掏出一个升来。

"掏"有凿的意思。木匠有专用工具，就叫凿子，凿子能挖去圆木中间的木头。比着空间的大小，约莫能盛一斤的米了，再打磨光滑，一个升就做好了。

升搁土瓮、米缸里的多，用着舀米撮粮食。我妈、我叔要下湖，我奶外出拾稻去了，要我在家煮饭。我哪里知道煮饭要淘多少米的呢，主要是因为家里煮饭要掺杂其他粮食或是蔬菜的。这时候，我妈便会便吩咐了："挖一升米再挖半升绿豆！"那我就知道煮饭放多少米、多少绿豆了。那时米金贵，煮饭也有掺豇豆的，也有掺胡萝卜的，也有掺青菜的，还有掺山芋干和豆粕的。纯米煮饭少有。我妈有时吩咐我的时候很是精细，比如放"小半升米"或是"大半升米"什么的。

饭熟，盛饭之前我妈是不准其他人先动手盛饭的。她先是小心地把豆或菜拨一边去，在锅底盛半碗纯米饭给我。这种高规格的待遇其他人是享受不到的。我妈再把余下的饭和豆或菜充分地搅拌。我家人口多，那会我小，自然不懂事，我故意把那半碗纯白米饭在我奶奶面前吃掉，或是把纯白的米饭亮给我叔叔看，且吃相很夸张，还摆出一副洋洋得意的样子。

一晃几十年过去了，我们家现在也常煮豆子饭或是菜饭，每当此时，我便会想起儿时家人吃饭的事，想起自己的无知来，那个不懂事小男孩吃饭的样子便会浮现在我的眼前，让我心生愧意。

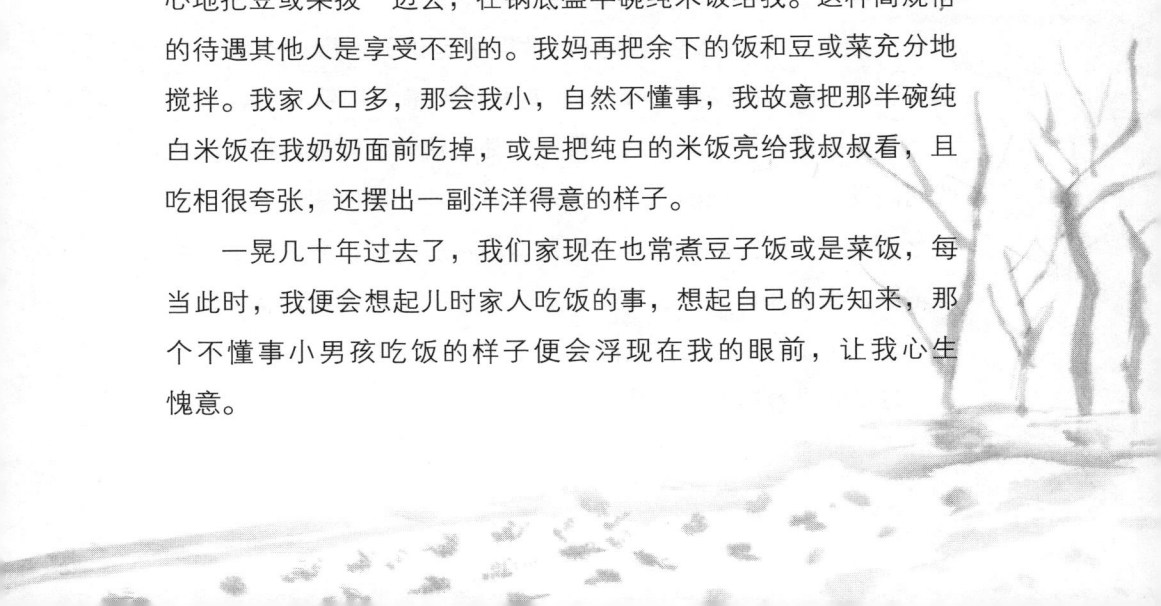

七十五

　　较之升，斗是大容器。在常用的计量粮食的用具里，斗是够大的了。在乡村，箩筐比斗大。有人说某人识字少，便说某人"斗大的字不识一箩筐"。箩筐也用于盛装粮食，或是转运粮食的，它也是一种运输工具。《说文解字》云，斗，"十升也"。如此说来，斗的容量比升大十倍。我只是不解，为什么人们常把斗往小处说。比如"斗筲之器"，比喻"器量狭小，才识浅薄"，"斗禄"，是指"微薄的俸禄"。

　　斗，象形，原意是一个弯曲的柄，一头连着一个"勺子"。"李白斗酒诗百篇"里，这个"斗"是盛酒的工具，我估计这个斗就是"带柄的勺子"的形状。至今我们说的北斗星，其形，也是一把带柄的勺子。

　　我见着的斗根本就不带柄，也没有勺子头。其斗是圆柱体，木制。

　　记忆中，我外公家的那只斗做得很是讲究。圆柱有腰，突起，鼓状，圆润饱满，其口和底有两道铜箍。铜箍寸余，扁平状，与木头镶嵌得天衣无缝。腰突出处也镶有铜丝线。铜质，丝线闪闪发亮，金铜难辨，显得很是华贵。斗底有凹槽，斗上口三分之一处有一横梁。横梁也是铜制，小指般粗细，质也如玉，经年把磨，光滑润泽。平日里梁也算是把手，拎着方便，有了这道把手，斗用着舀米舀稻方便得很。

　　这是我见着的一只最漂亮的斗。

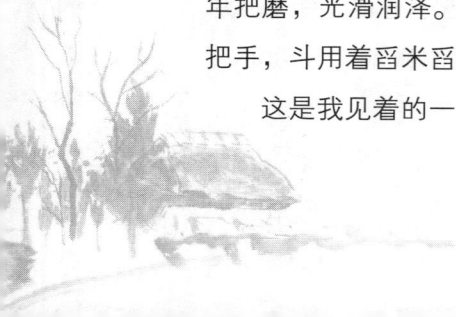

木头娇惯，要是木质不好，时间长了便会有罅缝，不出几年，箍散，斗也便坏了。斗的箍一般都是铁制的。铁制的箍容易生锈、断裂。我记事起，秋李郢人就少用木斗的。他们用的斗多是柳条编的，我们叫它笆斗。笆斗结实耐用，也轻便，且不会有罅缝，就是摔在地上也无妨。笆斗如箩筐，多用于盛放或是转运粮食，其容量就不再中规中矩了，不受十升量的限制。不过，讲究一点的人家也会备一只小笆斗的，我们叫它小斗。小斗就规矩多了，其容量跟十升相差无几。后来有秤了，没有人用斗量粮食了。小斗也便留着装芝麻、绿豆等细粮了，或是留着放鸡蛋。

大一点的笆斗因其底部无棱，圆边，晃动方便，秋李郢人也用它做摇篮。笆斗深，在底部垫些稻草，笆斗四周围床小棉被，婴儿放中间便行。要是婴儿哭闹，扶住笆斗沿，不停地晃动，不停地响摇篮曲，不一会的工夫，婴儿便不哭了，安然入睡。秋李郢人有做娃娃亲的习俗。就是在两家孩子尚小之时，两家大人如果觉得门当户对，便托媒人定亲。如果孩子长到十多岁了还没人提亲，那便是"大龄少年"了，说明这家人地位不高，在村上混得不好。这是件好没面子的事。不过，娃娃亲不靠谱的多，好比是"意向性的合同"，因为孩子长大后，退亲的也多。这样的亲也叫"笆斗亲"，意为孩子在坐笆斗窝子时定的亲。

队里挑稻交公粮时就要用到笆斗了。笆斗挑公粮要用绳编的网兜。网兜有点像是"中国结"，底是方形的，恰巧能将笆斗兜住。家家都用笆斗挑稻就难分辨了。秋李郢人有办法，就是在笆斗上做好记号，在笆斗上用毛笔写上"李记""秋记"的字样。

那年我回老家，问及我表哥家斗的事。表哥疑惑。表哥的爷爷是我外公。我一番描述之后，表哥像是想起来什么似的，进而告诉我，那是哪百辈子的东西了，斗早就坏了，现在哪个还用斗呀。

　　呵呵，不用了好。

七十六

　　唐朝著名的边塞诗人高适表扬过我的家乡，说"种稻长淮边""四时常宴如，百口无饥年"。川陆宽平，鱼稻丰美。高适有所不知，我们这里也有缺水的时候。

　　长淮东流，雨水少，水位低。稻子在田，拔节或是灌浆呢，正需要水，那时没有电灌站，取水靠人力。在众多的取水工具中，我想起了"水斗"。

　　秋李郢人也有叫它"稻斗""戽水斗"的。

　　作为"稻具"之一的水斗，它算是农具的组合体。水斗由三部分组成：斗、拉绳、手柄。

　　斗是家用笆斗，柳条编制而成。笆斗原是家中盛粮食的用具。用作水斗的笆斗要小些，直径三十公分左右。拉绳就是普通的麻绳，四根，视其水位高低，绳长两米左右。手柄就是把手，圆木制，四根绳子分别系在四只手柄的中间。将绳子系在笆斗的两边，一边两根，绳子的另一端系好把手，一只水斗就制作好了。水斗戽水要两人操作。

　　一边是稻田，一边是水沟。戽水时，选定干燥平整田埂或是沟埂席地而坐。放绳，两人把水斗放到水沟里，斗口朝下，测试好距离，将多余的绳子绕在手柄上，腰一弯，在水斗盛满水的时候，然后两人协力，两手一拉，腰一直，向后一仰，水便倒到水

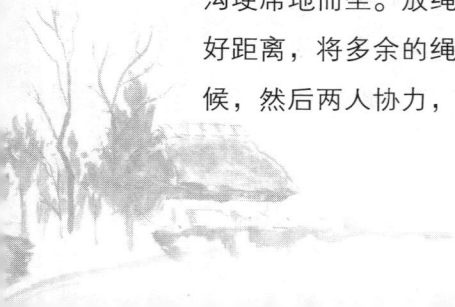

田里了。弯腰，直腰，点头，仰头，放斗，拉绳，如是反复，一斗斗的水便进了稻田。

再小的笆斗也能盛十多斤水的，戽水半天，人也吃不消，腰酸背痛的。女同志戽水的水斗要小些。秋公社家的水斗是一个破篮球做的。这是我看过的最小的水斗。将破篮球挖个洞，在周边系上四根绳，绳上系手柄，也是不错的水斗。不过，篮球水斗不结实，橡胶皮容易被撕裂。一只篮球水斗破，秋公社家又会有另一只篮球水斗的。秋公社家哪有那么多破旧篮球。后来我才知道，秋公社的表哥是教师，在县里学校教军体。那会体育课不叫体育课，叫"军体课"。

秋后，稻渐熟，稻田里就不要多余的水了，等到稻子要收割的时候，稻田里的水还要放了晒田。这时候，水斗便用不上了。这倒好，我们便央求秋公社，要他去把家里的篮球水斗拿出来戽鱼。篮球水斗小，我们用它合适。公社出，我们都争着去拿那只篮球水斗，将绳绾在手柄上，将头伸进洞内，把水斗当帽子戴。那垂吊下来的四只摆动的手柄，像是夸张的耳坠，滑稽至极。

有水就有鱼，稻田沟里小鱼小虾多的是。"逮鱼摸虾，耽误庄稼。"农谚是管束大人的，我们懒得理它。我们学着大人戽水的样子，将沟里的水戽干，竭泽而渔。黑鱼锥子、朝鱼壳子、放屁鱼、没娘鱼居多，还有螃蟹、小草虾、泥鳅什么的，回家的时候，这些小鱼小虾能将篮球水斗装得满满的。

七十七

放牛是必需的。秋李郢人个个都是放牛娃出生。

雨润，风轻，雾薄，草绿，秧也绿。放牛最好。

"打角"是不需要真的打角的，只是在牛角上拍一下，或者，在牛身上拍一下，有时你根本就不用去拍它，牛便把头低下来了，把牛角低下来了。你脚一抬，踩上牛角，一手薅牛鬃，一手扶牛角，待你站稳，牛头一扬，便把你送上去了。你只消走两步便到牛背了。心有灵犀，人与牛之间的契合沟通不是一天养成的。

"打角"就是踩牛角上牛背。

穿蓑，戴笠，虽说笨重，但气息好，有味。这身行头与田头、水边相搭，合宜得很。"孤舟蓑笠翁，独钓寒江雪"，钓鱼的朝水边一站，成诗成画，美了千年。只是我总觉得柳宗元有点不靠谱，下雪天一人去江边钓鱼？再说了，你钓鱼那身打扮干吗，哪有冬天穿蓑衣的。后来我才知道，是他被贬永州心情不好，穿蓑戴笠到江边钓鱼，哪里是真钓鱼，他是到江边散散心的。

蓑不离笠，笠不离蓑。两者相配，不只是防雨周全，也好看，好比穿西装要打领带一样。雨小，水滴便在蓑草上积聚着，积聚着，每个蓑草尖上都有一个小水滴。我一身珠光宝气，好像一抖能发出"哗哗哗"的声响。我们不去抖它，让它兀自滴落。一抖还不全洒了呀。笠上的小雨滴我们也不理它。它倒是耐不住性子了，齐齐地爬在笠檐边上，向我张望，个个都有好奇的样

子，哪知后面的雨水也跟着凑这份热闹，一推搡，笠檐边的小水滴便失足落下了。

雨大了才好。雨滴在笠上滴滴答答地响。雨矢如箭。笠和蓑衣是挡矢的铠甲。这会我并不忙着打角上牛。我得好好和雨斗上几个回合。斗雨。站在雨地里，无所畏惧的样子，马步，"哈哈哈"，嘴里发出声音，左拳打在右手掌里，然后，右拳再打在左手掌里，身上的每根草叶都像是鳄鱼身上的鳞片一样，它一抖动，周边的水便跟着哆嗦。雨便跟着落了一地。雨败。有时，我还会一个急转身，雨便飞也似的叫我抛得很远，像是重重地跌了跟头。我有莫名的征服感。

我们如田埂上的巴根草一样，雨日里有精神，不犯困。坐也有累的时候，我们便站在牛背上，直直的。白鹭也会站在牛背上，它与我对峙一会，一展翅，我有一丁点的动静，白鹭便呼啦啦地又飞走了。我有点失落。我要是站着不动，白鹭也便站着不动，偶有在牛背上迈动步子的，或是低头，寻牛身上的牛虱。估计白鹭把我当成稻草人了。我要真是稻草人就好了。我要真是稻草人，白鹭或许就会一直站在牛背上的。

饿牛不下田。露水草养牛。牛背下方与肋骨处有个三角区。我们会依据这个三角区的凹凸程度来判断牛吃的是全饱还是半饱。"半口草"自然不好。我们得耐着性子让牛吃饱。

雨大，渐冷的时候，我们便蛰伏在牛背不动了，听雨响。牛是嘶嘶啦啦地忙着吃草。牛胃"咕咕咕"不停地蠕动。牛背很热。裸露的双腿贴着牛肚子，我感到很暖和。我过分贪恋这雨日的温暖，恰恰成了错。不出两天，我的腿上长满了牛疥。牛疥如红豆，红肿，奇痒，挠也无用。牛疥好了腿上也会留下细小的黑痂。我的腿上满上黑痂，像是脸上被放大了的雀斑。其实，秋李郢人谁的腿上没有"雀斑"呢？因为，秋李郢人个个都放过牛，秋李郢人个个都是放牛娃出生。

七十八

我看过动画片《牧笛》，片子不长，印象很深。牧童把笛吹奏，笛声悠扬，意境顿开，幻想无限。情境在笛声中渐次展示开来，一幅幅画面很美，都像李可染笔下的水墨画，颇有中国风。

满湖的稻，满湖的绿，因其满，因其多，田野一时却单调起来。有笛声响当然好，一如这张硕大的绿荷上，滚动着一串串露珠。牧笛声在田野上灵动无比。

真的有笛。秋李郢的孩子个个都有一支属于自己的笛子。笛音悠长、高亢、辽阔、宽广，也能奏出欢快华丽的舞曲和婉转优美的小调。笛音旋律优美。笛横，头歪着，范儿便显出来了。

《公社喜开丰收镰》《扬鞭催马运粮忙》都是我们吹奏的保留曲目。《喜洋洋》喜庆，手指忙得欢。这曲我吹得要次点，吹出来没有喜洋洋的味儿，我吹的便少。秋公社吹得好，只要他听过的歌曲，知道调子，手指便能跟着调子走，曲调出。你哼什么调，他便能吹什么曲。他吹《百鸟朝凤》的时候，因其惟妙惟肖，能引来鸟与他共鸣。杜鹃叫，斑鸠唱。神了。

我们常斗笛。站在牛背，比谁吹的曲多。有比音高的，还有比不换气，把一个音一直吹下去，比一口气吹的时间长的。我们个个都把脸憋成了紫猪肝色。谁都不服输。败下阵来的是我。其他人也败。秋公社胜。

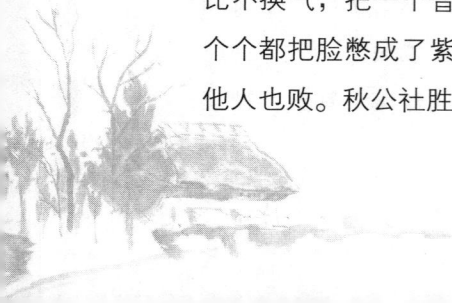

牛埋头吃草便是。我们站在牛背上，牛绳踩在脚下。牛尾巴鞭子一样在牛屁股周围抽打着牛虻，一刻也不闲着。牛虻嗡嗡响，极烦，像苍蝇，只是比苍蝇强壮。它有软毛，头大，半球形，或略带三角形，复眼很大，口器利，喜欢叮牛的创口。牛尾巴抽打的半径有限，有时，牛也会用角猛地一触，或是抖动一下皮肤，驱赶牛虻。

那天我正和另一条田埂上放牛的秋公社吹《喜洋洋》斗笛呢，并不知牛已站在稻田边的水沟里吃草。估计是牛被牛虻叮得实在难忍，它竟然也不通知一声，扑通一声打起汪来，把整个身子埋进了水里。牛虻是跑了，我却成了落汤鸡。哪里还喜洋洋起来，不斗自败，叫秋公社笑晕了。

放牛又不是天天把笛子别在腰上的。我们就地取材，去拔臭蒲叶，掐两片，寸余，放嘴上，能当笛子吹。豆荚也行。豌豆荚最好，其他苕子荚什么的也能吹出调子。要是实在没有合适的"乐器"，我们掐两片草叶也成。多数的时候我们什么也不用，吹口哨。口哨响，心情好，多半牛已吃饱了，我们吹着口哨回家了。

"荷把锄头在肩上，牧童的歌声在荡漾，喔喔喔喔他们唱，还有一支短笛隐约在吹响。"校园歌曲很田园，这情景我们觉得很熟。一天劳动结束了，跟我们一同回家的，还有荷锄而归的村民。

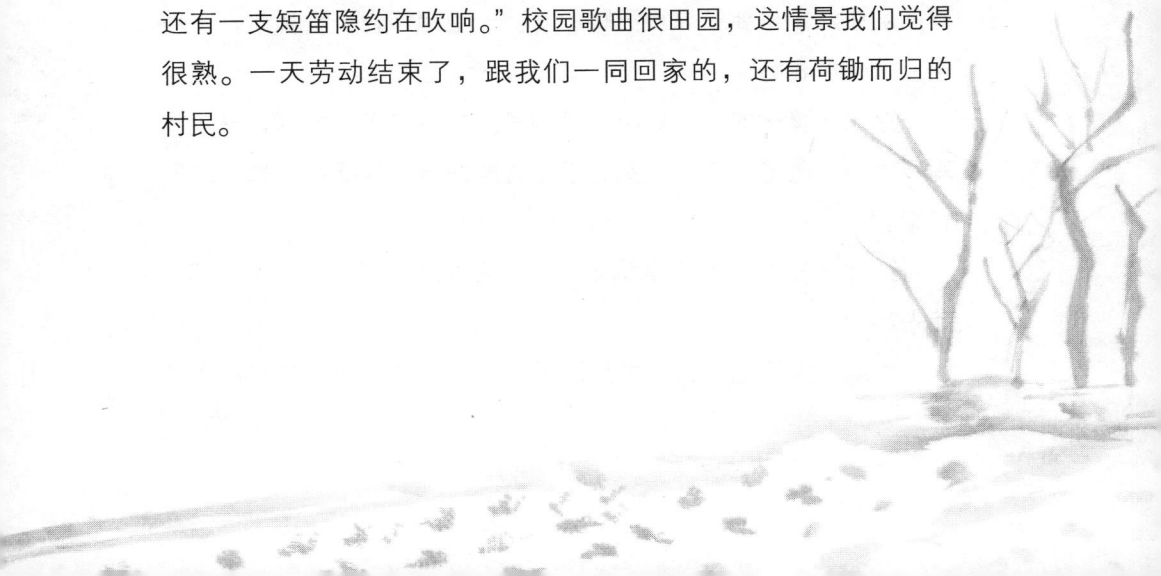

七十九

"它横竖不说一句话，背上的压力往肉里扣，它把头沉重地垂下！"想起臧克家《老马》的诗。马活脱得很，昂首奋蹄的。牛才木讷呢，不说话。要是说这首诗是写牛的，怕也好。

我是叫"背上的压力往肉里扣"的句子震住的。

背负在牛身上的东西真的太多。

穿牛鼻注定是一次痛苦的洗礼。牛犊小，撒欢，在老牛前跑前跑后的，不出两年，它是要做事的呀。穿牛鼻子是给牛行的"成牛礼"。我是没有亲眼看过给牛穿鼻子的过程的，庄重、神秘，近乎绝情。这种决绝果断的行事方式没有半点犹豫。我们见不得血，见不得牛充满泪花的眼神。我们听不得牛"哞哞"的呻吟。三四个壮男，抱着牛头，抱着牛角，将牛绳牢牢地缚在树上，将拇指粗的木棒从鼻肉硬生生地穿过。那是怎样的一个过程呀？那是怎样的一个场面呀？牛注定是要挣扎的，牛注定是要撒野的。牛注定是要在原地狂跳的呀。一地蹄印，一地鼻血，一地唾液，一地哀鸣。

穿过牛鼻子的小木棒叫牛鼻枸子。牛鼻枸子，木制，一头有鸡蛋大小的圆形头座，一头有系牛绳的凹槽，中间穿牛鼻子的梁较细。

穿破牛鼻，装上牛鼻枸子，人们便把牛绳拴在那棵树上了。走人。

牛第一天不吃东西，牛第二天或许也不吃东西。牛叫牵住了鼻子，牛叫牵住了牛绳。牛绳系在了树上。牛围绕那棵树转。四周的蹄印形成了凹槽，深深的凹槽。尘土飞扬。牛尘土满面。牛眼角的泪痕很浑浊。浊痕两道，与鼻血混合在一起。

两天，两天之后，牛便乖了。牛绳牵在主人手里。牛没有了犟脾气，牛不再撒欢。牛乖乖地跟着牛绳走。牛乖乖地跟着主人走。牛乖了一生。

牛是最重要的"稻具"，其实，加负在牛身上的道具也很多。

首先得有轭。

轭是架在牛肩胛处的曲木。牛轭"人"字形，两边有弧度。牛轭两边有榫眼，榫眼上系有镰刀柄粗的牛耕绳。"人"字开口小，牛用力前挣，轭只能"背上的压力往肉里扣"了。牛背负压力越大，牛轭往肉里扣得就越深。

那天我看深圳街头《拓荒牛》雕塑，多好，牛前胛隆起，肌肉一坨一坨的，蹄弯曲，斧凿一样，刀刀见力。看后又觉得好笑，轭呢？不负轭，怎么拓荒？哪有它满身充满锐气的肌肉？也许轭不好看，叫雕塑家给省了。省了倒也罢。要是人们不知道牛的这种情状——肩上是要有一副轭的，那就不是不真实这么简单了。

牛身上背负了什么，牛耕绳知道。

牛耕田的多。耕田时把牛耕绳系在犁上便行。平整土地或是破垡的时候要耙田，耙田得用耙，耙田时便把牛耕绳拴在耙上了。场上打谷时，牛耕绳上系碌碡，拉车时，牛耕绳上系牛车。秋李郢有了手扶拖拉机的时候，乡路泥泞，手扶拖拉机常陷泥里。人们也把牛牵来用牛耕绳拉。秋李郢人的手扶拖拉机里就备有牛耕绳，好比现在人车里都有备胎一样。有一次我看赵本山演的一部小品，县领导的小轿车陷泥里了，乡民们拉轿车的也是用牛。

　　负轭在背，一生，牛就没有解套的时候。

八　十

　　我第一次闹着要去放牛的时候我妈是经过思想斗争的。去，还是不去，是个问题。

　　我妈担心的很多。我妈问我会不会叫牛"打角"。我说会。我妈问我上坡时如何。我说薅牛鬃。我妈问我下坡的时候如何。我说拽牛尾巴。我妈又问我有岔道了怎么办。我说拽牛绳。回答正确。面试通过了，我妈还不放心。我妈担心是有道理的。我还小，我只有八岁。她更怕我从牛背上掉下来，摔下山去。要不是我一再坚持，加之秋公社力挺我"不碍事的"，估计我妈还会犹豫不决。

　　我不是去给队里放牛。我们是给山上畜牧场放牛的。畜牧场在山上，离秋李郢有七八里路，不算远。秧季，春耕春种，用牛的多，周围生产队都到畜牧场借牛用，一时畜牧场放牛人少了。畜牧场人放出话来，哪个队借牛，哪个队就要派人来放牛。条件是供午饭，白米饭，不限量，放开肚皮，紧吃紧添。

　　这话是畜牧场场长说的，肯定算数。是白米饭呀！

　　我这样闹我妈是冲着那白米饭去的。

　　饥春，青黄不接，上面下发救济粮也不会有我家的。有饭吃是美差，何况是纯的白米干饭，何况这干饭紧吃。

　　秋公社极说白米饭的香。秋公社每年都去畜牧场放牛的。秋

公社放牛归来会证实中午果然吃了鼓鼓一肚子米饭。都傍晚了，他的肚子都还叫米饭撑得圆圆的。队长会很高兴地叫秋公社把褂子掀起来，露出圆肚皮。队长会用中指去弹秋公社的肚皮，弹一下，还贴着肚皮听一下。弹时肚皮会发出嘭、嘭、嘭的响声，弹几下响几下。弹一下，秋公社会笑一下。秋公社护痒。

"熟了，熟了！"

队长说秋公社的肚子是西瓜。

我们都会在队长弹响指的时候，跟着去凑热闹，也把小指伸过去，学着队长的样子，去弹秋公社的"西瓜"。我们羡慕得很。

我并不知道我妈那里并不是最后一关，决定我去不去放牛的还是队长说了算。后来我知道了，要放牛的人家的孩子不少，去几个孩子放牛是看队里借多少牛的。队长给落选的孩子和孩子的家长说好话，答应下次一定让去放牛的。轮到我妈向队长求情时队长并不爽快，推说我年龄小，不放心。我妈说出什么事不找队里，我妈向队长下了保证书。

哪知队长依旧犹豫。

我妈感叹了，近乎哀求队长了："去让孩子吃一顿饱饭吧。"

估计是这句话打动队长了。最终我胜出，我成了放牛娃一员。

我欢呼雀跃的情形不述。

乐极生悲，我妈说她那天央求队长让我去放牛差点酿成了她一生的错。

我上山的时候我妈终究不放心，午饭不知何时吃，怕我饿着，给我塞了一块玉米面饼。其实近晌的时候我肚子真的饿了，我只是想忍忍吧，忍忍有干饭呢，有纯米饭呢。我就这么美美地想着。气温渐高，不知什么时候，我竟然不知不觉地趴在牛背上睡着了。

午饭，畜牧场人说少了一头牛！有人带话给队长，队长急了，问是谁家的孩子没回。一问是我。队长抱怨我妈的不是。我妈没再理论，只是急得直哭，显然没有了方寸。队长就派人上山去寻。午后，我没回。傍晚，我没回，眼看太阳要下山了，我妈已哭不出声了。

也不知是太阳晒的，还是我饿的，总之我是什么也不知道了，在牛背上睡得很沉，根本不知道去拽牛绳，随牛跑。哪知牛跑到一个山洼子里去了，一时人根本看不到。近黑队上人寻到我时我才睁开眼看到我妈。我饿坏了，再去摸我妈塞给我的手帕，哪还有玉米面饼的影子。一顿米饭没吃到，差点出了大事。

八十一

鲁迅说，牛吃的是草，挤出来的是奶。要搁秋李郢，他们会说，这话说在点子上了。

说在点子上就是说在要害上了，说出了它的本质。牛索取的少。这话是表扬牛的，赞美牛有无私奉献的精神。

牛吃鲜草的时候，牛舌头在地上一划拉，卷在口中，拢住，牙一咬，那地上一周的草就是它的了。忙里偷闲往胃里填草，秧季了，牛就没有闲下来的时候。好像牛就没有时间慢慢把草嚼碎似的。它哪里是吃草，它只是把草咬过以后放在肚子里，放在胃里，等它耕地的时候才吃，等它睡觉的时候再把胃里的草倒出来，反刍。

我敢说，牛没少打那满田秧苗的主意，秧苗那可是丰美的草呀。秧田边上的那排秧也有短了的时候，还不是叫牛偷吃了的嘛。牛自从拴上了牛鼻枸子之后，自从有了牛绳拉它的枸子之后，牛便知道了好坏似的，它在田埂边吃草，却少去动那挨在嘴边的秧苗了。坐怀不乱，这要何等的定力呢？

想想有点残酷，甚至残暴，人在活生生的肉上穿了根木，用绳子强拉硬拽，那是肉呀，牛一定是疼坏了。牛鼻枸子像是孙悟空头上的紧箍咒。牛稍有想法的时候，嘴还没靠近秧苗呢，有人就开始念这紧箍咒了，放牛的就开始抖绳了，拼命地抖绳。那牛还不明白嘛。牛疼呀。

一个秧季，一个稻季，牛除了偷吃短过田埂边的那排鲜美的秧苗之后，牛没吃过庄稼。稻季过后，入冬了，人们把稻子脱了粒，留给牛的是干稻草。干稻草我们也叫它牛草。

牛草，加水，这是牛冬天里的全部饮食。

冬天，牛进屋，进牛房。牛房也成了人的好去处，牛房暖和。人们在牛房里开会，在牛房里学习。我们待在牛房里是有条件的，看牛的李老二要我们做两件事：给牛喂草、拉牛到沟里喝水。他嚷，抱草去！我们知道，哪头牛的牛槽里没牛草了，我们便屁颠屁颠地去草堆上扯干稻草，放到空了的牛槽里。他又嚷，给二牸子饮牛去！我们便知道把二牸子拉出去喝水了。"二牸子"是牛的名字。

每头牛都有名字。像"独眼""断角"什么的都是公牛名。公牛好斗，独眼断角都是公牛斗后落下的残疾，李老二便由此给牛取了名，倒也不觉得对牛有什么不敬之处。公牛叫"疤瘌"的多，"二疤瘌""三疤瘌"什么的。疤瘌自然也是公牛斗后留下的创口。"二牸子"是母牛，母牛叫"牸子"，李老二也叫它"二小

姐"的，还有"三小姐""四小姐"的。母牛不好斗，身上自然
没有残疾。李老二都是按出生年月排行给母牛起名字的。当年李
老二的牛房里有"七仙女"，就是有七头母牛。有人跟李老二开
玩笑，你闺房里有七仙女呀，李老二倒一时不好意思起来，有
时，也跟着发噱。

　　喝凉水，吃稻草，一个冬天下来，牛骨瘦如柴，毛也尽褪，
像是只有一层牛皮披在了身上，走路也没有精神。看样，牛草并
没有多少营养。牛如此模样，李老二自然也心疼，他只是说，春
天来了就好了，秧季里草肥水美，牛会来膘的。

　　一个冬天，我们都跟着李老二一起，盼望春天，盼望秧季的
到来。